なごりの雪

安達太郎

文芸社

目次

秋の蝶

一

郡山市の桜通りの清水台《しみずだい》に「花屋」という店があった。古くは精米所だった土蔵を改造した店で、地階では生花を売り、階上は喫茶室になっていた。

店内には建物の裏から湧き出る豊かな水が流れて水車が回り、階上から眺めるとなんとなく落ち着いた気持ちになれた。湧き水が豊かなところで、この辺り一帯は清水台という地名で呼ばれていた。

先崎道雄が花屋の前で高橋由起子に会ったのは九月下旬のことで、由起子が会津若松に嫁いで以来四年ぶりであった。

由起子は窓際の日溜まりのなかで膝を屈め、紙器を開けて竜胆《りんどう》を取り出していた。亜麻色の厚地の綿布に小花を配した着物が、挙措の柔らかな由起子によく映っていた。端正な白い顔が動いて黒目がちな大きな目が窓の外を見上げる。

小豆色のたすきを外しながら由起子が店先に出てきた。

「お久しぶりね……」

「いつからここに……。会津の家を出てきたんですか?」

「まあ、久しぶりに会えたというのに、いきなりそんなごあいさつ?」

由起子はパッと頬を染めると、少しばかり憎らしげに言った。

こんなときの顔の表情や仕種は以前とすこしも変わらなかったが、体はどことなく丸みを帯びていた。小柄なせいもあって、丸みを帯びた女の体に子供っぽい顔がついている、そんな感じの由起子であった。

「お茶を淹れますから、中にお入りなさいよ」

由起子は道雄を促して店の中に入っていった。

由起子は道雄より三つ年上の二十八歳で、姉の信子の友人であった。

道雄の父の俊雄と、由起子の父の義郎は高校時代からの親友で、いまは共に市立中学の校長職にあった。俊雄と義郎が、県内の僻地と都市部を単身で転勤してまわった時期、妻たちは働きながら子供を育て、家庭を守るという同じ環境であったことから、両家は日ごろから何かと助け合い家族ぐるみの交際をしていた。

四年前、由起子は父の義郎の縁で会津在住の教員と見合いをし、嫁にいった。嫁ぐ日の前日、由起子は先崎家に信子を訪ね、ひとときを過ごしていった。よく晴れた秋の休日の午後で、燃えるように染まった紅葉の木洩れ日のなかで信子と語り合う由起子が、道雄には切ないほど眩しかった。高校生のころから、道雄は遠巻きに由起子を見つめ、ただ憧れるばかりだった。

花屋の店内は秋の花々が鮮やかだった。ゆったり回る水車の側を通り、道雄は由起子のあとから喫茶室に上がっていった。

「由起さんが結婚して、もう四年にもなるんですね。早いものです」

「道雄ちゃんが地元に就職したことは、母から聞いて知っていたわ。忙しいお仕事だから、たいへんね」

「なんとか、仕事してます」

由起子は淹れたばかりの熱いコーヒーをカップに注いで道雄にすすめた。

「しばらくは、ここにいるのですか？」

「分からないわ……。あたし、もう戻るまいと思って会津の家を出てきたの。でも、実家に引き籠もっていると、父と母の気持ちが見えてきてしまうわ。だから、子供のいない叔母の家に住まわせてもらって、しばらくこのお店を手伝うことにしたの」

由起子は階下の花々に視線を落として言った。

四年前の秋の日、先崎家を訪れた由起子が嫁ぐ前のひとときを姉の信子と語り合っていたときの光景を思い浮かべ、道雄はいまの由起子の心情が分かるような気がした。

道雄はしばらく雑談したのち花屋を出ると、間道を通って池の台に向かった。民家の庭でダリアが色鮮やかに咲いていた。花色が眼に滲んだ。徹夜の仕事のせいか、頭の芯がすこし痛んだ。

道雄は、大手コンピューターシステム販売会社の福島支店で、営業が受注してくる企業向けのホームページをつくっていた。ソフト開発要員として入社し、念願叶った地元支店のシステム課勤務であったが、この二年というもの、ソフト開発とは名ばかりの、営業納期に追われるホームページばかりつくらされていた。

池の台の家に帰ると、台所で洗い物をしていた母に花屋で由起子に会ったことを話し、居間の濡れ縁に腰を下ろしてタバコに火をつけた。

庭の南側にある石垣の先は緩やかな土手になっていて、荒池の水面が広がっている。明治初期に造られた農業用の貯水池だったが、いまでは半分が埋め立てられ公園になっていた。

池の水面では小波が走り、日の光が砕けて飛び散っていた。

「あんなにきれいで、人柄だって良い人なのに、相手の男の気持ちが分からないわ」

「なにも耐えてばかりいないで、騒ぎでもなんでも、行動を起こせばいいのよ」

由起子が嫁ぎ先でうまくいっていない、と道雄が聞いたのは二年前の正月で、子供を連れて里帰りしていた姉の信子と母の千恵子が話していた。由起子の夫である教師には、結婚する以前から関わりを持った同僚の女がいて、結婚してからも切れないで続いているということであった。千恵子も信子も、自分のことのように怒りを露に話していた。

庭で木通《あけび》の実をついばんでいた数羽の山雀が一斉に飛び立ち、池の上空で左右に離れていった。

（久しく会ってなかったが、相変わらず美しいひとだ。でも、あの哀しげな顔はただごとではなかった。まだ先のことは決めていないと言ってたけれど、何か心に思うところがあって会津の家を出てきたのだろう。いつまで花屋にいるかは分からないが、ときどき訪ねて心の襞を和らげてやりたい……）

庭一面に黄菊と白菊が咲き乱れている。その花の中に由起子の顔が浮かんでは消えていった。

道雄は体中、物憂さにひたっていた。いつも何かに追い立てられているような余裕のない日々に埋没し、虚しくなってゆく自分が堪らなかった。いまの会社に入ったのが良かったのかどうかも分からなくなっていた。

眠ろう――。そして、眠りから覚めたら、もういちど自分と向き合ってみようと思った。

「ちくしょう。あの犬猫御殿の社長め、納品前にチェックしたときはご満悦だったくせに、いざ納品となったら、気に喰わねえとのたまいやがった」

ネットワーク営業の成田が外から戻ってくるなり、道雄の側に来て大袈裟にグチった。

成田は発注元の社長から、引き渡しソフトの作り直しを言い渡されたようであった。道雄が徹夜で完成させて納品したホームページだった。発注元の社長は、ペット専門の病院や美容院、霊園等を手広く経営している獣医で、折からのペットブームで業績は拡大傾向にあり、四季折々に開催される供養行事や、テレビのCMと連携させたホームページの制作依頼がたびたびあった。今回の物件も白河で販売を始める霊園のホームページだった。

「先崎ちゃんよー、本当はぶっ飛ばしもんなんだけどさあ、今回は四カ所の霊園管理と抱き合わせの代物でしょう。先崎ちゃんの感性でさあ、やってよー」

成田は独特の言い回しで、道雄の表情を窺いながら言った。成田にしてみれば、四セットのサーバーシステムが見込み通りに販売できることが重要だった。

「感性でやってって言われても、あの社長、引き渡し前の検査でアグリー出しているじゃないですか。どこをどう直せって言っているんですか?」

「それが、今回に限って、ただピンと来ないって言うだけなのよ。あの社長、先崎ちゃんの顔を見たいと言ってるような気がするんだ。もともと先崎ちゃんの感性が気に入っているんだからさあ、気が済むようにして差し上げようよ」

システム受注を控え、ホームページごときでつまずいていられない、という成田の思惑が窺えた。とはいえ、成田はこの商談と並行して、四カ所のペット病院の診療会計と病歴管理の商談を手掛けていた。サポートするしかなかった。

「成田さんのオーダーの〈石の天光〉、墓石の販売管理と抱き合わせのホームページですけど、少し納期を動かせないでしょうかね？」

道雄は成田に譲歩を諮った。

成田は支店のトップセールスマンで、多くの業種・業務知識に精通していた。道雄は、ホームページのサポートで顧客との打ち合わせに同行することが少なくなかったが、何事にもそつのない営業で、美容院のヘアーカット・シミュレーションや病院の医事会計システムを、ことなげに犬猫といったペットの世界に当てはめてしまうなど、その卓越した営業手腕は支店の皆の知るところであった。

道雄は成田と相談して工程表を改め、抱えた物件の細部スケジュールを調整した。

そして、三月後にオープンする市営介護施設のホームページの仕上げに全力を注ぎ込んでいった。今日の夕刻に、施設の担当者が検分に来ることになっていた。

花屋の裏口を出ると石垣と土手になっていて、土手に造られた石段を上がったところに由起子の叔母である妙子の住まいがあった。

妙子は由起子の母・嘉子の妹で、夫の直樹は郡山駅の東側にある化学工場に勤めていた。子供に恵まれずにいたが、何度かあったと聞く夫婦の危機も乗り越え、いまは淡々とした日々を向き合って過ごしていた。

穀物販売業を営んでいた由起子の祖父の良一は、西の内の屋敷は長女の嘉子に与え、清水台の精米所と倉庫の跡地は次女の妙子に与えていた。良介は亡くなる以前に穀物販売から手を退いていたが、妙子夫婦は十八年前に倉庫の跡地の半分を売却し、長年放置されていた土蔵を改造して花屋を始めたのだった。

妙子は子供に恵まれなかったが、姉の嘉子は二人の子供を生《な》していた。いまは父親と同じ教員になっている長男の慎太郎と、妹の由起子である。いちど妙子夫婦から由起子を養子にという話が持ち上がったことがあったが、実現されなかった。

小さいときから行き来して気心が知れているだけに、妙子は由起子のこととなるとあれこれ世話を焼いていた。会津の嫁ぎ先を出てきた由起子から、しばらく置いてほしいと申し出があったときも、妙子は複雑な気持ちながら何一つ訊かず温かに受け入れたのだった。

妙子夫婦の家は、百二十坪ほどの土地に四部屋の平屋が建っている。北側と東側の隣家との間には大谷《おおや》石の塀があるが、庭の南側は花屋との通路を挟んで左右が玉椿の生垣で、西側は板塀の門と駐車場になっていた。

十月下旬の晴れた日の朝、透明な日の光が庭にさしていた。

由起子は駐車場の側にある桜の木の落ち葉を掃き集めると、玉椿の前に植えてあるアスパラガスの根元に草掻で穴を掘って埋めた。子供のころに遊びにきて泊まったとき、叔母の妙子がやっていたのを見て覚えていたのだ。身丈が三メートルほどにもなる山茶花《さざんか》が薄桃色の花をつけ、細かい葉のもみじが色づき始めていた。庭には他にも梅や松などがあったが、あまり人手を加えず伸びるに任せていた。

すっかり葉を落とした梅の木の近くで、金松葉の黄菊と赤紫の菊が咲き誇っている。見るとはなしにそちらに目をやった由起子は、おやっと思って近づいていった。

この時期には珍しい紋白蝶が数羽、いずれも羽を広げて金松葉にかたまってとまっていた。

(こんな季節に白蝶だなんて、珍しいわ……。でも、この蝶たち、ピクリとも動かないわ。冷えたからだを温めているのか、華やかだった夏の光の名残を惜しんでいるのか……)

蝶は日の光を全身に受けて微動だにしなかった。

じっと見つめる由起子の心に揺れるものがあった。

由起子が、嫁ぎ先の台所で意識を失って倒れたのは、今年の八月のことであった。家の者には誰にも知られなかったが、寝つかれず夜半に起き出して台所で冷や酒を飲んでいるとき、突然闇に吸い込まれるように意識を失くし、食卓の椅子に座ったまま後ろに倒れていたのだ。意識が戻って時計を見ると、四、五分の空白な時間が過ぎていた。だが、由起子はこのとき、倒れたことと生理不順の症状に因果関係があったとは、まだ知らなかった。

由起子が生理不順になったのは、去年の夏ごろからであった。夫の両親との同居生活で、城下町特有の気風にもなかなか馴染めないでいた。子供でもできればすこしは気持ちも変わるだろう――そう思いはじめた矢先に生理不順に陥っていた。追い討ちを掛けるように、姑がよく子供の話題を口にするようになり、生理不順の度合いはますますひどくなっていった。

たまりかねて産婦人科の病院を二、三訪ねて診察してもらったが、いずれの医師も、精神的要素が大きいという見立てだった。夫にはことこまかに診察の結果を話していたが、夫に泊まりがけの出張が多くなっていったのもこのころからであった。

夫に女がいると知ったのは、由起子が病院通いを始めて半年ほど経ってからであった。

由起子の嫁ぎ先は、会津若松市の東に位置する千石町にあった。近くには藩政時代の薬草園があり、閑静な住宅街であったが、市の中心街である神明町辺りに買い物に出るには車が必要な距離にあった。

ある土曜の夕方、車で買物に出かけた由起子が神明町の都市銀行前の交差点で信号待ちをしていると、一泊の予定で福島市に研修に出かけたはずの夫が歩道を渡っていくのが見えた。同年代の細身の女を伴っていた。彼が入っていった路地の両側は飲み屋街で、その先にはホテルがかたまっている。心が揺れて軋《きし》んだが、崩れてゆくほどの衝撃はなかった。半ば人ごとのような気持ちでいられたのは、目にした光景のどこかに自分が起因しているものを感じたからであった。

由起子が夫の行状を目の当たりにしながら、以後もそのことに触れなかったのは、やはり子を産めないかもしれない自分が見えていたからであった。そんな由起子の気持ちを知ってか知らないでか、夫の行状は次第に公然化していき、よく家を空けるようになった。由起子は自分の居場所がなくなっていった。眠れぬまま朝を迎えることもあり、しばしば夜半に起き出し、台所で冷や酒を飲んでは気持ちを落ち着かせていた。生理不順はますますひどくなり、やがてまったく生理が来なくなってしまった。

生理が止まってふた月になろうかという今年の九月上旬に、由起子は自分の体に異変が生じていることを知った。夜半に台所で倒れてからひと月が経っていた。由起子は、家人には何も言わず、お城の近くの総合病院を訪ねて診察してもらった。八月に倒れたといっても、以後は軽い貧血を起こしたような状態に二、三度なっただけで、再び意識をなくして倒れるようなことはなかった。だが、診察を受ける前日に、貧血らしいめまいが何度も続けて起きていた。

数時間かけてさまざまな検査を受け、診察結果を告げることに躊躇する医師に強く告知を求めたのは由起子であった。医師は蛍光板に貼った何枚ものX線写真を指しながら、複数の臓器に進行性の癌の病巣が広がっていることを告げた。血液検査や他の検査でも癌を裏付ける結果が出ていた。

由起子は足元の砂が崩れて地中に埋まってゆくような気持ちに陥りながらも、自分が死に向かっているということがどうしても信じられなかった。即日入院を言い渡す医師に、実家の近くの病院に入院したいから、と紹介状を書いてもらって病院をあとにした。由起子の実家のある郡山の西の内にも同規模の病院があった。

その夜は一睡もせずにこれからのことを考え、翌日の朝を迎えた。そして、夫が学校に出勤するのを待って、由起子は次のような手紙を書いた。

正弘さま
黄菊が輝く時節になりました。貴方様にご縁をいただいて四年になろうとするとき、このような行動に及ぶことをお許しくださいますよう、ただただ念じるばかりです。会津で過ごした四年の歳月に心を馳せれば残る思いはありますが、先行きを思えば、やはりこうすることが最良の道かと存じ、心に決まるものがありました。
と申しますのも、私が子を産めない女であることと、突然の申し様ですが、貴方に在る女性のことでございます。いちど一緒のところを目にしただけですが、以来、自分の居場所が見つからないまま、今日まで過ごしてきてしまいました。風の噂ではご当地で育った同僚の方とか。歴史ある会津の街を背景に据えてみても、この会津の社会性に精通したあの方なら、貴方のこれからの人生に必要不可欠な方のように思われました。きっと立派な子にも恵まれることでしょうとも思いました。どうか、私の意とするところを直視なさった上で、なすがままにさせて頂きとう存じます。

実家に戻って離婚届を送りますが、貴方様の捺印されたものが送付されてくるのを待ち、嫁いだときに持って上がった家具などは、お目障りにならぬよう誰か持ち去りに寄越す所存でございます。もう二度と会津には戻るまいと思い、この手紙を書きましたが、どうか行く末お幸せになられますよう、心からお祈りするばかりでございます。

由起子

書いた手紙を夫婦の部屋にある机の上に置き、由起子は身一つで嫁ぎ先をあとにした。癌のことについては手紙では一言も触れず、実家に戻ってからも、まだ誰にも話していなかった。由起子は菊の花の前に膝を折って屈むと、指先で一羽の紋白蝶にそっと触れてみた。すると、蝶はゆっくり羽を立て、日の光を羽裏に受けた。そして、まるで意思の疎通があるかのように他の白蝶も羽を立て、やがて一斉に羽ばたいて空に舞い上がっていった。

（ああ、あたしもあんなに羽ばたけたら、どんなに心が晴れることだろう……。でも、この時節に白蝶がまとまってあたしの前から飛び立つなんて、不思議だわ。もしかしたら、あの蝶たちは、装束を纏った天からの使者なのかもしれない。きっと使者たちが蝶になって訪れ、一時《いっとき》のいのちの猶予を私に与えて中有《ちゅうう》に戻っていったんだわ……）

由起子は飛び立った蝶のかたまりが空に紛れてしまうまで見上げていた。

透明な日の光のなかで庭に静寂が立ち込めた。

由起子は蝶が止まっていた黄菊を一本折ると立ち上がり、濡れ縁から部屋に上がった。

花屋の入り口の側に置かれた鉢植えの萩が風に揺れていた。

道雄が店の中に入っていくと、紙器の中からスプレー薔薇を取り出していた由起子が、たすきを外しながらこちらに歩んできた。小花を染めた淡い水色の着物に赤紫の帯をつけている。

促されて道雄は二階の喫茶室に上がった。

「花卉《かき》販売の研修会が毎年、東京の浅草であるんだけど、今年は叔母の都合が悪くて、あたしが代わりに出席することになったの。ディスプレーの仕方などもお勉強するのよ」

桜の葉を巻いた和菓子とお茶を運んできて由起子が言った。

「いつからですか？」

「今週の土曜と日曜の二日間なの。道雄ちゃん、とっても忙しいみたいだけど、その日もお仕事なの？」

「一緒に行ってもいいんですか？　いえ、研修の邪魔はしませんから」

「まあ、道雄ちゃんったら……」

いつになく慌ててしまって照れている道雄を見つめながら、由起子は道雄が訪れるようになったこれまでの日々を思った。

（嫁ぎ先で居場所が見つからないまま過ごし、やがて薄れゆくいのちを見つめることになり、実家に戻ってまでも居たたまれなかった女に、このひとはなに憚ることなく真っすぐな目を向けてくれた。いずれ心を閉ざさなければならない……。でも、いのちの形見にこのひとを愛することは許されるだろうか……）

体のなかに哀しさがあった。由起子は、われ知らず大きくなっていた心の膨らみを見ていた。

二

早朝の郡山始発の新幹線は空席が目立っていた。

道雄は、母には友人に会いに東京に行くと言って家を出て、由起子と打ち合わせた車両に乗った。「狭い街だから、お互いに知らない顔をして乗りましょう」と由起子が言っていた。列車が新白河を過ぎたころ、由起子は用意してきた弁当とお茶を出した。今日の由起子は、小柄な体を濃紺のベルベットのワンピースで包んでいた。

上野で列車を降りて地下鉄銀座線に乗り換え、田原町で降りると、研修会の会場になっているホテルに向かった。ちょうど通勤の時間帯で地下鉄の駅の周辺は混雑していたが、菊水通りを過ぎる辺りから人通りが疎らになってきた。三年ぶりに見る街並みであったが、道雄には以前より雑駁《ざっぱく》さが増しているように映った。

ホテルに着いて、ロビーの奥の喫茶店に入った。由起子の研修が始まるまで、まだすこし時間があった。

「あたしが研修を終えるまで、道雄ちゃん、退屈しちゃうわね」

人いきれから逃れてほっとしたような顔で由起子が言った。

「友人と会うことになっていますから、心配いりませんよ」

「研修は五時ごろには終わりますから、ここで待ち合わせましょう。それから、道雄ちゃんのお部屋のチェックインはあたしがしておきますから、ご心配なく」

物静かではあるが、道雄が何か言うのをピシャリと抑えるような口調で由起子が言った。道雄は、由起子の顔を見て頷いた。

道雄と同期入社の亀岡は、親会社のシステム・ラボラトリーに出向していた。メインフレームのSEとして社内教育の場は同じだったが、道雄だけが別の道を歩んでいるのだ。

道雄は浅草から地下鉄都営浅草線の駅に向かった。京浜急行の電車に乗り、品川で電車を降りて線路伝いに南に歩き、亀岡のいる会社に着いた。

敷地の奥にある建物の医療システムでは、職場のほとんどの者が休日出勤していた。亀岡は分厚いシステム設計書をめくっていた。髪の毛はべたつき、ワイシャツの襟も薄汚れている。

「泊まり込みなのか?」

「うん、どうと言うことはない。ホールで話そうか」

亀岡は周りに気遣いを言って、道雄を促した。土色に変色した皮膚が、口ほどでもないぎりぎりの気力を窺わせた。彼は、大病院向け電子カルテの一部を開発していた。

「俺が担当しているマクロが、設計どおりのスピードが出てないんだ。年末にはデリバリーの予定だから、焦っちまうよ」

「俺に比べたらまだマシだよ、別の意味で焦ってる。ホームページ屋さんになっちまってな……、数をこなす世界だよ」

「いいじゃないか、俺もパソコンをやりたかったんだ。来る日も来る日もあのバカデカイ奴と向き合っていると、置いていかれそうで不安になってくる。いまどきパソコン・サーバーを知らないソフト屋さんなんて、骨董品みたいなものだからな」

「アプリのデカさが違うんだ。グレードの高いやつでなきゃつくれないよ」

「いまのサーバーはすごい威力だよ。顧客にしたって、巨大なメインフレームなんか勘弁してくれってなもんだ。それにな、パッケージ・ソフト商品を開発しているのに、こいつを導入する客は目ん玉が飛び出るようなサポート費用を支払うことになる。まあ、売る側と使う側の体質の違いなんだろうが、何かが狂っているとしか言いようがない。もっとも、俺たちペーペーが言ったところで始まらないことだけどね……」

亀岡は伸びた髭をさすりながら、嘲笑気味にそう言ってタバコの煙を吐き出した。

こいつも疲れているのか、と道雄は底の見えない沼に浮かんでいるような気持ちだった。

(入社してまだ三年なのに、同期の者が何人退社していったことか……。のべつやたら時間に追い立てられ、虚しくなってひとたとき逃げ出してきたけど、こいつまでも、まるで自虐的とも言えるような悲壮感を漂わしていやがる。お前のところに来てまで奇妙な哀れみに浸ることになるなんて、思ってもいなかったな……)

亀岡とはあまり話が弾まなかった。昼飯を食っていけと誘われたが、なにか仕事に追われているときの自分を見ているようで、くつろげなかった。

亀岡と別れた道雄は、ＪＲで品川に出ると新宿に向かった。学生時代によく通った本屋が東口にあり、その本屋の並びのレストランで昼食を摂った。

通りを行き交う若者たちは髪や服装が個性的で、屈託のない表情が爽やかだった。社会人になってまだ三年しか経っていないのに、遠い昔を見ているような気持ちだった。

道雄は食事のあとで隣の本屋に入り、仕事関連のコーナーを隅々まで漁って三冊買い求めた。

本屋を出て駅に向かって歩き出して間もなく、目についた理容室の前で立ち止まった。髪を染める気はなかったが、緩くウエーブをかけてみようかと思った。なにか気分の転換ができるような気がしたのである。


浅草のＲＯＸ辺りで小雨になってきた。由起子が待つホテルはすぐそこだった。道雄は小走りに急いだ。由起子から「ホテルのラウンジで待ちます」と携帯にメールが届いていたのだ。見晴らしの良い窓際に座っていた由起子が、道雄を見つけてそっと手を振った。

「道雄ちゃん、髪を変えたのね。でもなんだか……。いえ、とっても似合うわ」

「髪をいじるつもりはなかったんですよ。そんなに見ないでくださいよ」

道雄は頬が赤らむのが分かった。由起子のよく光る黒目がちの大きな目が、悪戯っぽく見つめている。

青黒い墨田の川面が、雨に煙る街の灯のなかに霞んで見えた。

「お茶が終わったら、なにか美味しいものを食べに連れていってくれない？」

「そうですね、お寿司か天ぷら、それとも、すき焼きですかね……」

「あたし、天ぷらがいいわ。お魚が美味しそうだし。それに、すこしだけお酒もいただきたいわ」

由起子は会計を済ませると、目で道雄を促してエレベーターホールへ向かった。

（部屋のことには触れなかったけど、ここで訊くのもなんだし……）

道雄は、由起子がチェックインしてくれた部屋が気になっていたが、なんとなく憚られてそのことには触れなかった。

由起子はフロントで外出を告げ、大振りのビニール傘を用意してもらった。外は小雨で、すこしばかり蒸し暑い夜になっていた。

ＲＯＸ横の信号を渡り、アーケード街を東に進んでから、仲見世通りを銀座線の浅草駅方向に向かう。雷門の東側に目指す天ぷら屋があった。途中の商店街は行き交う人も疎らだったが、この通りだけは賑わいを見せていた。

由起子が腕を絡ませてきた。二の腕の柔らかさと髪の香りが、道雄の思いを熱く膨らませていった。

江戸時代から続いているというその店はかなり込んでいたが、応対に出てきた仲居はこちらを一瞥すると、奥の座敷の小部屋に案内した。品書きを見ながら、由起子が料理と酒を注文した。

「ずいぶんといけるくちだったんですね」

「あら、もっといただきなさいよ。あたし、先崎のおばさまから、あなたがとってもお酒が強いって聞いたことがあるんだから」

コース料理と併せて頼んだ冷酒《れいしゅ》の瓶がすぐに空になり、追加をとっていた。

「あたし、会津の嫁ぎ先でお酒の腕を上げたの。夫は家を空けることが多くて、あたしはいつも自分の居場所がなかったわ。夜中によく目を覚まして、台所で冷や酒を飲んでいたの……。あらあら、ごめんなさいね。道雄ちゃんの彼女って、どんなひとでしょうね？」

「そんなひといませんよ。仕事がきつくて、それどころじゃないですよ」

道雄が目を伏せて言った。

由起子はだいぶ飲んでいたが、酔った素振りはみせなかった。白い肌がほんのり桜色に染まり、いつもより饒舌だった。茸の天麩羅と漬物が出て、赤だしでご飯を食べ終えるころには、夜もだいぶ更けていた。

店を出ると、絹糸のような雨が心地よかった。

「お酒を飲んだあとなんかで叱られちゃうけど、お参りしていきましょうか?」

「そうね。せっかく来たんだから、ちゃんとお参りしていきましょう」

ホテルに戻る途中の仲見世通りを先に進み、浅草寺境内に入る。夜にもかかわらず、まだかなりの観光客が歩き回っていた。


「先にお入りなさい……」

ホテルの部屋のドアを開けて、由起子が言った。

由起子がとった部屋はひとつであった。道雄はどこかでこうなることを想像はしたが、いざ現実のこととなると、やはり気持ちが震えた。

テーブルを挟んで道雄がソファーに座ると、由起子が静かに話しはじめた。

「あたし、花屋で道雄ちゃんに会ってから、どれだけ心が強くなれたか分からないわ……。お姉さんの信子さんと行き来していたころから、あなたが心を向けていてくれたことは気がついていました。会津の家を出てきたのかとあなたに訊かれたとき、会津にはもう戻るまいと思って家を出てきたと答えたわ。でも、実家に引き籠もってみると、何も言わない両親の気持ちが見えてきて、哀しかった。そんなとき、あなたに会えてどれだけ慰められたか分からない。夫と離婚が成立したのはついこの間のことでした。離婚が決まったといっても、狭い街ですもの、実家に居つくわけにはいかないわ。それとなく頼んでおいたことなんだけど、神戸で花屋と同じようなスタイルでお花屋さんをやっている叔母の友人が、ちょうど支店を開くことになってね、そこで働かせてもらうことになったの。神戸に行ってしまえば、もうあなたと会うことはないでしょう。でも、思い出があれば淋しくはない——あたし、そう思って、あなたを誘ったの……」

「どうして神戸に行かなければならないんです？……。郡山にいればいいじゃないですか。由起さんを悪く言うひとなんて、誰もいませんよ」

「ダメよッ、もう決めたことなの。それに、もう夜も遅いから、お風呂に入って休みましょう……」

由起子は急に語気を強めて言うと立ち上がり、浴室に入っていってしまった。

(なんというひとだ。母も姉も、みんな由起さんの味方なのに、何を考えているのだろう。神戸に行くことが彼女の解決になるとは思えないのに……)

やがて、由起子が浴室から出てきた。浴衣を着込んで、髪を後ろでひとつに束ねている。

由起子はソファーに足を組んで斜めに座ると、ハンドバッグからタバコを取り出して火をつけ、見据えるような目で道雄を見つめた。

(タバコといい、このわざとらしい仕種といい、このひとは何を考えているのだ……)

「道雄ちゃんもお風呂に入ってらっしゃい」

由起子の声に優しさが戻っていた。目が艶やかに光っていた。

道雄は浴室に入ると、われ知らず何かに追い立てられるような気持ちで急いで入浴を済ませた。突然に聞かされた、神戸に行くという由起子の言葉が全身を包んでいた。

道雄が風呂を出て部屋に戻ると、由起子は冷蔵庫からビールを出してきた。火照った体に冷えたビールが心地よかった。

「あたし、道雄ちゃんがお風呂に入っている間、信子さんや道雄ちゃんと過ごした子供のころを思い出していたの。夏休みに、荒池端でよく遊んだわ、トンボを追いかけたりして……。ほら、信子さんとあたしが夏休みの宿題の昆虫採集に困っていたら、蝉やらトンボやら、道雄ちゃんが一日がかりで捕まえてくれたわ。あたし、大きな顔をして学校に持っていけたわ。それと、夕焼けに遇うと決まって歌ったこと、憶えてる?」

「まっかまっか空まっか、ですね?」

「そう、三人で土手に座って……」

由起子が小さな声で歌いだした。

まっかまっか空まっか　まっか天気はなんじゃいな
朝まっかは降るまっか　夕まっかは照るまっか
まっかまっか空まっか　まっか天気はなんじゃいな

「あのころには還れないのね……。あたし、あなたを誘ったりして、いけないことをしてしまったわ……」

「僕は由起さんと一緒に来て、良かったと思っています」

由起子のなかでぐらぐら揺れているものを見て、道雄はきっぱりと言った。

部屋のテレビでは、か細い声の女性シンガーが「花に降る雨を汚したのは誰？」と歌っていた。

由起子は何かを確かめるような目で道雄を見つめていたが、やがて静かに立ち上がって歩み寄り、浴衣の帯を解いて前をはだけた。

道雄は由起子の胸に顔を埋め、引き寄せた。崩れるように体を預けてきた由起子を抱きしめ、唇を重ねる。熱くて柔らかな舌が激しく反応してきた。

「ベッドに連れていって……」

何度も唇を重ね、道雄の首に両腕を回して由起子が言った。

道雄が抱きかかえてベッドに運ぶと、彼女は浴衣を脱ぎ薄物もとった。

乳白色の体が浮かび上がる。着痩せするのか、乳房も臀部も豊かで、見上げる目が艶やかだった。手を握って引き寄せる由起子に道雄は体を被せていった。

柔らかで吸い着くような肌が密着してきた。豊かに突き出た乳房に手をやり、そして唇で触れる。迫り出す円柱形の乳首に舌を転がすと、乳房がうずくまるように張り出した。

「ああッ、道雄ちゃん……」

道雄の背に腕がまわり、閉じた太股が捩《よじ》れている。道雄はその腰を抱き寄せ、乳房を握って強く吸った。由起子の背が反り上がってきた。

「あなたの唇が熱いわ……」

「由起さんの乳房も温かだよ」

背にまわす由起子の指が突き立ち、捲れて薄く開いた唇を柔らかな舌がなぞっている。そんな光景に心を震わしながら、道雄は由起子の下腹に唇を這わせていった。

（このひとの唇が熱い……。このひとの唇がこんなに熱いのは、あたしが絶えて久しく男を知らなかったからではないわ。このひとの真っ直ぐな目にあたしの体が熱く反応しているんだわ。ああ、唇の熱さが体の奥に走っていく……思い出にしようと考えて誘ったのに、思いをつくってしまいそうで怖い……）

白い艶やかな太股に舌を這わせると、スーッと膝が立って静かに脚が開いていった。

ツーンと鼻孔を刺激する薔薇のような強い香りが噴き上がってきた。

「由起さん……」

「あなた、あたしの全部を奪って……」

見上げる目が必死な様相だった。

やがて不意に上体を起こした由起子は、道雄に被さって激しく口を合わせる。そして、じっと見つめて笑みを浮かべた。そして、道雄の股間を跨いで膝をつく。乳首が上を向いた白い乳房を道雄が撫でるのを待つように、由起子は後ろ手で道雄のものに触れた。キラキラ光る目が見下ろしている。やがて由起子は目を閉じると、円を描くようにして腰を沈めていった。

「こんな気持ちになるなんて……。思い出にしようとしたのに、あたし、なんだか怖いわ……」

「思い出なんかじゃないんだ、出発ですよ」

「だめー、そんなこと言ったらダメよ。いちどだけの思い出だわ……」

白桃のような丸い臀部の皮膚が引きつっている。腰を動かしながら見下ろす由起子の目は虚ろで、半開きの唇が艶かしかった。道雄はたまらず迸《ほとばし》っていた。

「あーっ……」

背を反らし、叫んで伸び上がる由起子の白い体があかく染まり、やがて崩れていった。

由起子は道雄の胸に頰を乗せ、その上腕から肩に沿って撫でていった。指先からは弛緩した柔らかな筋肉の触感が伝わってくるが、由起子のなかには、抱き竦められ組み敷かれたときの道雄の力強い筋肉の躍動感が残っていた。そっと見つめてくる目が痛々しく、気がかりに思っていたころの幼さは霧散していた。男の逞しさを見せつけられるようだった。花屋に戻ったら道雄を追いやろうとしているのに、肌に触れているとその心積もりが鈍ってしまいそうだった。

「タバコが欲しいわ……」

上体を起こした由起子が、手繰り寄せた上掛けで前を覆いながら言った。

道雄はテーブルからタバコと灰皿をもってくると、由起子のあとで自分も火をつけた。血液に溶けたタバコが体を覚醒させていく。

「道雄ちゃん、明日は隅田の川下りに行きましょう。浅草の駅の近くから遊覧船が出ているの」

「隅田の川下りって、明日も研修じゃなかったんですか?」

「明日はあたしの休日なの。あなたと過ごす一日だけの休日……」

由起子の言葉が、忘れかけていた道雄の不安を呼び戻した。

「まだ神戸に行くつもりでいるんですか？　そんな考えは今すぐ捨てたほうがいい。郡山に戻ったら両親にちゃんと話して、家に来てもらいますから」

「あなた、何を言ってるの！　先崎のおじさまやおばさまにそんなことを言ったら、あたし、ほんとうに死んじゃいますから！」

「僕をなんだと思っているんですか。たった一日で生きてしまえとでも言うのですか？　どうしても神戸に行くと言うのでしたら、むしろ死なれたほうがまだマシです！」

「あなた、何もそんなに……」

（なんていうことでしょう、このひとは、あたしと過ごすたった一日の重さを言っている……）

由起子は慌てていた。道雄の一途さは大人の恋のかたちに包み込めると思っていたが、一日の重さを持ち出してくる若さまでは考えていなかった。そして、そう言われてみると、こんどは由起子の心が揺れた。

道雄は俯いたまま、しばらく口をきかなかった。

「いつまでもそんなに怒った顔をしないでちょうだい。喉が渇いたわ、お酒を飲み直しましょう」

由起子は浴衣で体を包んで冷蔵庫のほうへ歩いていった。

アルコールが道雄と由起子の間にあったわだかまりのようなものを徐々に取り除いていった。

道雄を見つめる由起子の目が艶やかに光っている。浴衣を前で合わせただけの由起子の胸元が、道雄にはやはり眩しかった。

「神戸には行かないでください」

「道雄ちゃん、もういちどあたしを抱いて……」

椅子を立った由起子はじっと道雄を見つめたまま、浴衣を肩から滑り落とした。

三

道雄は午後二時ごろ会社を出ると桜通りに向かった。時差出勤の日が続いていた。

今日は花屋に由起子を訪ねるつもりだった。神戸に行くことを考え直してもらおう——そして道雄は母にすべてを話し、由起子を先崎の家に迎える環境をつくろうと考えていた。

由起子と肌を合わせた夜は、先の見えない不安とめくるめく思いが交錯した一夜であった。思い出だけをもって神戸に行く、と言った由起子の言葉に迷いは感じられなかった。一夜が明けて二人は隅田の川を行く船に乗ったが、道雄には明媚な風景を眺める余裕などなかった。

浅草から郡山に戻ったとき、「二人だけの大人の思い出として受け止められないのなら、花屋にはもう来ないで」と由起子は言ったが、そうでなくても納期が迫った仕事が山積していて、彼女とはここ三日間会っていなかった。

花屋の前は打ち水がよく行き届いていた。傍らの木鉢ではナナカマドが赤い実をつけていた。

レジ・シートを点検していた由起子が、店に入ってきた道雄を見てパッと頰を染めた。藍の田舎絣で筒袖の着物に、同系色の半幅の帯を締めている。

「道雄ちゃん、夜通しお仕事だったのね。お疲れさま……」

うっすらと不精ひげを蓄えた道雄の顔を見て、由起子が言った。

同じ藍の着物を着て作業台で薔薇を切り揃えていた由起子の叔母の妙子が、温かな視線を投げかけてきた。道雄は丁寧にお辞儀をして挨拶した。由起子がまた頰を染めた。

由起子は二階の喫茶室に道雄を連れて上がり、階段寄りのテーブルに座った。

「何かあったの?」

沈んだ顔の道雄に由起子が訊いた。

「会社で急な業務監査があって……。そんなことより由起さん、僕はこれから家に帰って母と、由起さんを家に迎える相談をしたいと思っています。神戸には行かないと約束してください」

由起子の顔が曇った。

「二人だけのことだったでしょう……。信子さんや先崎のおばさまは、あたしにとっては姉妹とも母とも呼べる人なの。そういう人たちのなかで、出戻りのあたしに、いったいどんな顔をして過ごせばいいって言うの！　このお店を離れる準備も進めています。道雄ちゃんはまだ子供なのよ、大人のなさりようじゃないわ……」

「由紀さんの言っていることがほんとうだとは思えない。出戻りのどこが悪いんですか？　出戻ったということは、元の由起さんに戻ったということでしょう？　脱け殻だらけの思い出を置いてどうしても神戸に行くと言うのなら、前にも言ったけど、むしろ死なれたほうがまだマシと言うものです……」

「あなたがどんなに言っても、あたしの気持ちはすこしも変わりませんから！」

強い口調だったが、由起子の眼は潤んで光っていた。その光のなかで、ぐらぐら揺れるものが見えた。

地階で咲き乱れるたくさんの薔薇が、水車から迸《ほとばし》る水しぶきを染めていた。

（このひとは本気で神戸に行く気でいる……）

何を言っても頑に心を開こうとしない由起子を、道雄はただ恨めしい思いで見つめるばかりだった。

道雄は何かに急かされるように立ち上がると、何も言わずに花屋をあとにした。この事態を打開するには、一刻も早く母に相談するしかないと思った。


空は青く澄みきっていたが、吐く息は白く曇り、庭に霜が見える朝であった。

由起子は濡れ縁から庭に下りると、梅の古木に近づいていった。ついこのあいだまで輝くばかりに咲き誇っていた黄菊は、花弁が縒《よ》れて花色が衰え、葉は茶色に爛《ただ》れて病んでいた。白蝶が飛び立っていって以来、花色は日に日に衰えていた。

由起子は菊の前に膝を折って屈んだ。

背筋に痺れるような感覚が走り、眩暈《めまい》を覚えて上体が揺れた。背筋の痺れるような感覚はひと月くらい前からあったが、このごろは眩暈が伴うようになっていた。

たくさんの黄菊と赤紫の菊の間に、白い艶やかな糸で精緻に張られた蜘蛛の巣が見える。斜めに差す陽光に輝く水滴を、細い糸が貫いて留めていた。妖しさと無常さが交錯する不思議な光景であったが、水滴を支えて留める蜘蛛の糸にはいのちの光芒が見えた。

（この輝く水滴もやがていのちの糸を離れてしまうんだわ……）

由起子は立ち上がると、濡れ縁に戻って腰を下ろした。

背筋に痛みが走った。そのあと、痺れるような感覚が続いていた。

透明な日の光が溢れる庭で、もみじが燃えるように染まっている。心にはげしく揺れるものがあった。

会津の病院で癌の告知を受け、即日入院を口にした医師に由起子は、実家の近くの病院に入院したいからと言って紹介状を得て離院していたが、郡山の実家に戻ってから一度も近くの病院には足を運んでいなかった。

告知を受けたのは、由起子が医師に強く求めてのことだったが、病状を説明した医師が示したX線写真では、由起子が見ても複数の臓器に病巣があるのが分かった。病巣は目視できた範囲だけでもかなりの広がりであったから、細胞に浸透した癌は他の臓器にも進行しているはずだということは素人の由起子にも想像がついた。

その夜、一睡もせずにこれからのあり方を考え、由起子の心に決まったものは、手術を受けずにいのちを全うしようとする思いだった。初期の段階での手術であれば望みもあろうが、映像写真を見るかぎり望める領域にはないと感じた。父方の親戚に胃癌を摘出した者がいたが、三月後には亡くなっていた。実際、最近とみに感じるようになった背筋の痺れや眩暈からも、由起子が予測したように、検診を受けた段階ですでに手遅れの様相だったのだ。

郡山の実家に戻る道々、由起子は両親にどう話せばよいのか考えあぐねた。実家に戻って一日が経ち、二日が経ち、日々が過ぎていった。過ぎてゆく日々のなかで、両親には言うまいとする思いが心を占めていった。嫁ぎ先を出てきたと告げた娘を何も言わず迎え入れてくれた両親の哀しさを思うと、言えなかったのだ。そしてまた、手術をしても助からないのなら、いずれにしろ近い将来、両親には娘の死を知ってもらうことになるという意味で同じことだろうと考えたからであった。

しかし、婚家を出てきた娘を黙って迎え入れてくれたとはいえ、両親の哀しみは不憫だった。それが由起子にはいたたまれず、しばらくの間、叔母のところに身を寄せさせてもらうことにしたのだった。

叔母の店を手伝いだして間もなく、四年ぶりに道雄に会った。徹夜の仕事の帰りだということで道雄は疲れた顔をしていたが、学生時代と違って心身とも逞しくなっていた。嫁ぐ直前まで由起子は、道雄の姉の信子と親しく行き来していたが、そのころから道雄が自分に心を寄せていてくれたことは知っていた。そんな道雄のことを気にかけながら過ごしたこともあった。

再会して以来、道雄はのっぴきならない仕事のある日は除いてほとんど毎日、花屋に足を運んできた。道雄と話しているときだけは、病気のことも、両親の哀しさも忘れることができた。いちどは嫁いで出戻った女に、道雄は何憚ることなく真っすぐな目を向けてくれた。

日が経つにつれ、由起子はわれ知らず道雄を待つようになり心が膨らんでいった。考えてみれば、これほど異性に心をときめかせたことはなかった。地元の女子大に通っていた学生のころも、女の友人には恵まれても、グループ交際の場以外に交際をするような男はもてなかった。いまの道雄との間柄が四年前に築かれていたならば、と思うことが何度もあった。

だが、体の変調は顕著だった。そんな折、神戸にある生花店の仕事の話が舞い込んできた。叔母の学生時代の友人に、嫁ぎ先の神戸で花屋と同じようなスタイルで商売をやっているひとがいる。その友人が、支店を出す予定だが、誰か店を任せられる同郷の人で信頼のおけるひとがいないか、と妙子に相談してきたのだ。叔母から神戸行きを打診された由起子は、体の変調を強く感じているこの時期、神戸に行っても仕事を全うできるとは思えなかったが、迷った末に行こうと思った。

由起子は、いのちの思い出に恋をしたいと思っていた。病気のことは伏せたまま道雄を引き込む恋であった。神戸で働ける日々はいくらもないと思えたが、由起子は叔母の話を受けた。道雄を引き込み、そして追いやる恋をするのであれば、神戸に行かなければならないと思ったのである。

浅草での一夜はめくるめく思いとなった。薄れゆくいのちが、燃え盛った女のいのちを見つめた一夜でもあった。道雄との一夜を体は憶えて忘れなかったが、由起子はその思いを封じて郡山に戻った。しかし、郡山に戻った由起子のなかに生まれていたものは、このまま生きられたらどんなに幸せかという揺らぎだった。封じたはずの思いが、燃え盛るいのちに包まれていた。

（道雄は両親に、あたしのことを話してしまったのだろうか……）

黄菊から一斉に飛び立ち中有《ちゅうう》に紛れていった白蝶が眼に浮かんできた。

道雄は出勤すると机上のパソコンのメールを開いた。本社からの通達にまじって、医療システムの亀岡からメールが届いていた。

一年かけてつくってきたソフト開発が突然中止になり、開発要員の大幅な編成替えがあった、と記されている。メールだけでは事態が分からないので、直通電話をかけてみた。が、亀岡は休暇を取っているという。携帯を呼んでみると、起きたばかりのような亀岡の声がやっと返ってきた。

「いったい、どうしたんだ？」

「どうもこうも、お手上げなんだ。俺、入社以来ずっと汎用機ばかりやってきたから、開発要員の編成替えで外されたんだ。外されただけなら良かったんだけど、俺の引き取り先がまだないんだよ。何もしないでただ机に座ってもいられないんで休暇を取ったけど、キャリア・センターに放り込まれて再教育になるらしいんだよ。俺、いまさらっていう感じなんだよね。開発し直す電子カルテはサーバー・システムなんだ。パソコンを知らないから不安だってお前に話したことがあるけど、入社してまだ三年半だぜ……。この歳でリストラだなんて、考えてもみなかったよ」

亀岡の落胆が手に取るように分かった。

「事情はだいたい分かったけど、まだ何も決まっていないんだから、短気を起こすんじゃないぞ」

（会社のやることはさっぱり分からん。いったいどうなっているんだ！）

道雄は愕然とした気持ちになった。気の置けない亀岡のことだけに、憤って心の中で叫んでいた。遣り切れない気持ちだったが、心を鎮めて仕事に取りかかるしかなかった。

道雄が花屋に入っていくと、水車から迸る水しぶきに照明が反射して、ガラスの粒子が舞い散るような光景を映していた。

（何か変だ……。今日に限って、由起さんも彼女の叔母さんも見当たらない）

奥の作業台で花束をつくっていた女の店員が、花鋏を持ったままの恰好で慌てて店先に出てきた。

「由起子さんが倒れて、ママが付き添って西の内病院に行きました。ママから、病院に来てもらうよう伝えてくれって言われてます……」

「倒れた？　由起さんが倒れたんですか？」

「お昼ごろでしたが、届いた水仙を箱から出しているときに、急に倒れてしまったんです」

「そうだったんですか……。とにかく、急いで行ってみます！」

「お願いします」

道雄は花屋を飛び出すと道路を横切って反対側に渡り、タクシーを拾った。

女店員の話では、由起子は水仙の花を扱っていて倒れたという。希望の息吹を見るような花を扱っていて倒れたことが、なにかのっぴきならないことに繋がらねばいいのだがと思った。いまにして思えば、あの抜けるように白い肌も、おかしいと言えばおかしかった。

時計を見ると午後の六時をすこし回っていた。病院に着くまでの時間がひどく長いものに感じられた。

病院の入院案内で尋ね、道雄は旧館五階の内科病棟に向かった。ナース・ステーションの前の通路をまっすぐ進んで一番奥の部屋が由起子の病室だった。

道雄が入っていくと、由起子の母の嘉子と叔母の妙子がベッドの側の椅子に並んで座り、押し黙って俯いていた。部屋に入ってきた道雄を見るなり、二人ともパッと椅子から立ち上がった。由起子の姿はなかった。

「妙ちゃんから、道雄さんと由起子のことは聞きました。忙しいのに、わざわざ来ていただいて……」

「どんな様子なんですか？」

「いま検査中なものですから、まだなんとも……」

嘉子はそう言うと俯いた。床の一点を見つめる嘉子の表情がひどく不安げだった。

「お姉さん、あたし、道雄さんとお話ししてきますから……」

妙子は道雄を促して病室を出ると通路の南側のホールに行き、いったん座ってから、思い出したように立ち上がり自動販売機で缶入りの緑茶を買って戻ってきた。

「よくないのですね？」

病室で目にした嘉子のひどく不安げな表情を思い浮かべ、道雄が妙子に訊いた。

「あのひと、会津の家を出てくるとき、自分の病気がどんなものか知っていたようです。なのに、何も言わず、今日までひとりで胸にしまって……。バカよ、ひとりで死ぬと決め込んで、ほんとうにバカよ……」

妙子がハンカチで目頭を押さえた。

「そんなに悪いんですか？」

「癌だそうです。分かったときには、もうだいぶ進んだ状態だったと言っていました。もう助からないと思って、会津を出てきたようです」

「癌だなんて……信じられません。毎日まいにち死と隣合わせに過ごしていたなんて、僕には信じられません。病気にかかっている素振りなど、いちども見せたことはありませんでした」

「二日前ですが、あのひとと話をしたんです。あなたが花屋に来るようになってから、由起さん、とっても女っぽくなっていきました。先崎さんと高橋の家が親しいことから、あたし、あなたとのことが気がかりで由起さんに訊いたのです。あのひと、ほんとうにあなたのことが好きなのね……、先崎家のひとたちを裏切るようなことはできないから、思い出だけもって神戸に行くんだって言っていました。いま考えてみると、会津から戻って初めてわたしのところに来たとき、顔が抜けるように白くて気にはなったのです。でも、もともと白い肌のひとでしたから、とくに気に留めて心配したりもせずに過ごしてきてしまったことが、悔やまれてなりません。今日、店で倒れてしばらく気を失っていたのですが、意識を取り戻してから初めて病気のことを打ち明けてくれました。会津の病院で診察してもらって癌がだいぶ進んでいることを知り、嫁ぎ先で幸せでなかったこともあって、それならいっそひとりで静かに死を迎えようと思い、郡山に戻ったと言っていました。それが、花屋であなたに会い、生きたいと思ったそうです……。でも、病気にかかった出戻りの女が、以前から親しい家の方と結ばれるはずもなく、どれだけ働けるか分からないけれど神戸に行こう、そう決めたんだそうです」

「そんなに悪かったんですか……。神戸に行くと言ってきかなかった理由が、いまになって分かりました。由起さんを神戸には行かせません……。それで、医者はどんなふうに言っていました？」

「詳しいことは検査を待たなければなりませんが、診てくれた先生が電話で会津の病院の医者と遣り取りしていた話の模様では、のっぴきならない状態になっているようでした。あのひとが感じていたとおりのようでした……」

「あの由起さんが、もう……」

「詳しいことは分かりません。でも、結婚といい、病気といい、あんなにきれいで気立てだっていいひとなのに、神さまはあのひとに、いったい何を見つけたというのでしょう？　酷すぎるわ……」

由起子の母が足早に歩いてくるのが見えた。検査を終えた由起子が病室に戻ったようであった。

病室に入ってみると、点滴の瓶を三本吊した台が運ばれていて、看護婦が点滴の針を由起子の腕の静脈に刺してテープで固定している最中だった。由起子に特に変わった様子は見られなかったが、長時間の検査のせいか、さすがに顔は疲れた表情だった。

道雄の顔を見て、由起子が静かに笑みを浮かべた。

看護婦は点滴溶液の落下速度の調整を終えると、医局に行くように嘉子に伝えて部屋を出ていった。

嘉子はしばらく逡巡していたが、やがて「あなたも一緒に来て」と妙子に言って、二人で部屋を出ていった。検査結果を踏まえて、医師が由起子の病状を話すのだろう。

道雄は由起子が横たわるベッドに近づき椅子に座った。

「心配かけてごめんなさい……。でも、あなたの顔を見て元気になれたわ」

「由起さん、約束してくれませんか。これからはなんでも話してくれると約束してください」

「ええ、そうするわ」

「もう、神戸に行くなんて言わないでくださいね。おとなしく入院していないとだめですよ」

「母からも叱られてしまったわ。こんな状態で行っても、迷惑かけてしまうだけですものね」

「とにかく、治療に専念して、元気になってもらわないと困りますからね」

「ありがとう……」

由起子は道雄の手を握ると頰に擦り寄せた。熱があるらしく、掌が熱い。

「疲れたでしょう。少し眠ったほうがいいかもしれないな」

「あなたこそ疲れているんじゃないの？　あたしはもうだいじょうぶだから」

「分かった。それじゃ、由起さんが眠ったら帰るから、このままでお休みなさい」

道雄は手を握ったまま由起子が眠るのを待とうと思った。

検査の疲れと点滴が効いてきたのか、間もなく静かな寝息が聞こえてきた。病室を出るとき、道雄は言いようのない悲しさに襲われた。

妙子たちがいるかもしれないとホールに行ってみたが、まだ医師との話が終わらないらしく姿が見えない。道雄は由起子の部屋に戻るとベッドの側の椅子に座り、妙子たちが戻るのを待つことにした。

由起子の唇は白く乾いていて、血色が薄れているように見えた。四年ぶりに花屋で会ったときの、白い端正な横顔が脳裡に浮かんだ。

四

由起子が入院してひと月が過ぎ、十二月も半ばになろうとしていた。その間、道雄は勤め帰りには病院に寄って由起子を見舞った。

医療システムの亀岡は退社していた。キャリア・センターで再教育を受けているが堪らない、と亀岡は夜間によく電話を寄越していたが、道雄は聞き手に回ることしかできなかった。

ソフト・ハウスの入社試験も受けたと言っていた。道雄は友人のために何もしてやれないことが悲しかった。

寒さが厳しさを増していた。雨の降らない日が続いていたが、晴天でも底冷えのする日が多く、毎朝、庭の霜柱の嵩上げが見られた。

由起子は放射線治療と抗癌剤の投与を受ける日々を送っていたが、見た目にはむしろ入院するころよりふっくらとしていて、この病気の特徴である痩せていく兆しはいまのところ見られなかった。だが、肌が抜けるように白くなり、長い黒髪も艶やかさを失くしていた。光線の具合かもしれなかったが、すこしずつ脱色が進んでいるように見えた。

道雄が由起子の病室を訪ねるのは、消灯前の八時から九時の間の時間帯だった。通常出勤でも、資料作りなどをすると、大概この時間になった。

由起子の母の嘉子も叔母の妙子も、道雄には好意的であった。道雄の顔を見ると由起子の口数が多くなり、笑みが零れることを知っていて、訪ねてくれることを望んでいるようだった。浅草でのことを知っているとは思えなかったが、妙子などはあからさまに、寄ってくれと道雄に言うのだった。そして由起子自身は、道雄が訪ねてくる時間を待つようになっていた。

道雄が病室に入っていくと、由起子は安らかな顔で眠っていた。

部屋に入ってすぐに気づいたことだったが、点滴の瓶の大きさや溶液の色が昨夜来たときと異なっていた。それに、由起子は長かった髪を短く切っていた。薬剤投与で眠っているらしく、明らかに彼女の病状に変化が出てきているようであった。

道雄はベッドの側に椅子を持っていって座り、白く乾いた由起子の唇を見つめた。胸に込み上げてくるものがあった。

（薬剤で眠っているということは、とうとう痛みが出てきたということか……）

思うように入浴ができない、と昨夜言っていたが、顔に薄く脂が浮いていて、首筋などもすこしばかりべとついた感じだった。

ふと見ると、掛け布団の上に投げ出された右手の傍らに、付箋をした本が転がっていた。和歌の本のようであった。

道雄はそっと手を伸ばして本を取り、付箋のところを開いてみた。平安女流の百首歌群という項で、

夢にだに見で明しつる暁の恋こそ恋のかぎりなりけり

（和泉式部）

という歌が記されていた。

姉の信子と一緒に郡山女子大の家政科に通った由起子が、和歌に親しんでいたとは知らなかった。道雄はその歌を何度も読み返し、胸を熱くした。

(不安と至福の感情が交錯するなかに、女のいのちの光が走っていくのを見るような歌だ……。嫁ぎ先でかなり進んだ症状の癌だと知り、考えあぐねた末にいのちの余りをひとり静かに生きようと決めたと聞く由起さんが、このような和歌を読むなんて……。由起さんの生きようとしている執念を強く感じる……)

由起子を知って、見つめてきた恋が迸る実態となったように、道雄は、由起子の生に対する執念の背景が明確なかたちで見て取れる思いだった。

もういちど白く乾いた由起子の唇を見つめた。激しく求め合った一夜のことが思い出された。

近づいてきた足音が部屋の前で止むと仕切りのカーテンが引かれ、紙袋を持った由起子の母が顔を見せた。

「あらあら、せっかく来ていただいたのに、留守にしてしまってごめんなさいね。お医者さまの指示で七時ごろから睡眠をとることになったものですから、裏のスーパーに買物に行ってきたところなんです。いま、何か飲みものを用意しますから」

嘉子は道雄の姿を見ると笑みをこぼし、買物袋をテーブルの上に置いてホールに小走りに行った。

「昨日の夜中から痛みを訴えるようになり、わたしが朝に来たときには牛乳のような痛み止めの点滴をしておりました。仕方のないことですが、恐れていたことがとうとう来てしまったという気持ちでした……」

紙コップのコーヒーを二つ手に持って戻ってきた嘉子が、道雄と向かい合って座って言った。どこかで泣くだけ泣いてきたのか、瞼が腫れて覚悟の表情であった。

「痛みは続くのでしょうか？」

「お医者さまのお話では、……」

嘉子は言葉を途中で切ると、由起子に目を遣って言った。

「眠っているからだいじょうぶなんですが、聞かれたくない気持ちが先に立って落ち着いて話せませんから、道雄さん、コップを持ってホールに行ってくださいまし……」

紙コップのコーヒーを手に二人はホールに行って腰を下ろした。

「今日のお昼ごろ、お医者さまに呼ばれてお話を聞いたのですが、やはり病状は進んでいるとおっしゃっていました。痛みは断続的なもので、人によってはなくなることもあるそうですが、大概は神経組織を侵されて痛みと痛みの間隔が次第に詰まっていくとのことです。放射線の治療と抗癌剤の投与を強めていくので、髪が抜けても驚かないでほしいとも言われました……」

「点滴が変わって、髪も短かく切っていたものですから……。やはり、そうでしたか」

「道雄さん、わたしから言うのも変な話ですが、由起子はあなたのことを好いています。あの子、髪がなくなってしまうのです……。先生も、限度はあるけれど、いまのうちに行きたいところに行かせてやりなさい、とおっしゃっていたわ。もし由起子がおねだりを言ったら、あの子を連れ出してやってほしいのです」

嘉子が懇願するような目を道雄に向けた。

「分かりました。先週でしたが、川を見たいと言っていましたから、由起さんの体調を見て誘ってみます」

「あなたには申し訳ないことですが、四年前にあの子とあなたがいまのような気持ちになっていたならなんて、家で主人と話したことがあります。あの子がいま強い気持ちでいられるのは、あなたのお陰だと思っています」

ベッドに体を横たえて和歌の本を読む由起子の姿が目に浮かんだ。道雄は、由起子に川を見せてやろうと思った。

消灯時間が近づいていた。面会の時間はすでに過ぎていたが、道雄はしばしば由起子の寝顔を見てから家路についた。駐車場のゲートの前で、車で嘉子を迎えに来た由起子の父の義郎に会った。

五

十二月半ばの土曜の午後。その日は朝の冷え込みが厳しく、山沿いでは雪が降ったということであったが、晴れた一日だった。

道雄が病室に入っていくと、ベッドに座っていた由起子がこぼれるような笑みを浮かべた。点滴が外され、久しぶりに化粧もしている。ベッドの上には毛糸のマフラーと手袋が置いてあり、温かそうなベージュのコートから黒っぽいスラックスが覗いていた。

「よろしくお願いしますね……」

傍らで母親の嘉子が見守っていた。

「お天気になってよかったわ。わたし、とっても楽しみにしていたの……」

「僕も楽しみにしていたんですよ。でも、もう用意している由起さんを見たら、なんだかちょっと照れちゃいましたよ」

「まあ、道雄ちゃんったら……。わたし、とても楽しみで、三十分も前から用意して待っていたのよ」

「由起子、お薬は持ったわね？」

「ええ、ちゃんと持ちましたからご心配なく」

「それじゃあ、しっかりとお預かりして出かけてきますから」

道雄は笑みを浮かべて嘉子に言うと、由起子と一緒に部屋を出てエレベーターに乗り、駐車場に向かった。

昨夜、道雄が病室に寄ったとき、由起子がすこしばかり甘えるような口調で言ったのだった。

「あたし、外出したいって主治医に訊いてみたら、泊まりがけの旅行や遠出のドライブでもなければ心配は要らないと勧めてくれたの。道雄ちゃん、明日は会社がお休みでしょう？　あたし、川を見に連れてってほしい……」

近場では街中を流れる逢瀬《おうせ》川や阿武隈《あぶくま》川もあったが、景観というのであれば、車で三十分ほど北に走ると温泉町の西側を流れる五百《ごひゃく》川という渓流があった。川のほとりには遊歩道もあり、ここならほどよい距離であった。今朝起きてみると冷え込みが厳しく、由起子を連れ出すのに寒さが気になったが、昼近くには気温も幾分上がって暖かになっていた。

病院の駐車場を出て環状線から四十九号道路に入り、北に向かった。山裾まで雪を被った安《あ》達太良《だたら》の山々が、青い空に白い稜線を描いていた。

サイドシートに座った由起子はいつになく饒舌だった。ひと月半ぶりにできた化粧が嬉しかった、短く切った髪がおかしくないか、などと次から次にと喋っていた。

喜久田を過ぎ、やがて磐梯熱海《ばんだいあたみ》温泉街の南口に差しかかったとき、由起子が蕎麦を食べたいと言いだした。病院で昼食をとってまだ少ししか経っていないのにとは思ったが、道雄は由起子の意に従った。

由起子は医師の指示食を摂っていて、それは道雄も目にしたことがあったが、お世辞にも美味しそうと言えるような食事ではなかった。彼女のひもじさが分かるような気がした。

温泉街に入って間もなく、道路の左側にある「いむしろ」という蕎麦屋の駐車場に車を停めた。しばらく石段を下りて行くと、渓流のほとりに茅葺き屋根の蕎麦屋があった。

暖簾を潜って中に入るとかなりの客で込んでいた。店の者が案内した奥の座敷に上がって座った。今朝降ったのであろうか、川の対岸の山肌のあちこちに雪が残っているのが見えた。

目を輝かせてメニューを見ていた由起子が、指さしてみせた。山菜の天麩羅と茸の煮物が付いた三色蕎麦だった。

由起子は、道雄の顔をときどき見つめながら、味わうようにして食べていた。

(この美しいひとが、やがて幻のように消えていくなんて信じられない……。あの一夜を共にしたときの食事の光景といい、いま目の当たりにしている光景といい、このひとが不治の病に侵されているとは信じられない……）

微笑みかけて蕎麦を食べる由起子には、生きていることの実態が迸っていた。そう遠くない日に確実に死を迎えることになるなど、道雄にはとうてい考えられなかった。

蕎麦を食べ終え、由起子は壁にもたれてしばらく外の景色を眺めていたが、やがて、

「川のほとりを歩きましょうか」

と言って立ち上がった。目がキラキラ輝いている。

二人は車に戻って町のなかほどまで移動したのち、駐車場の側の小道を下って渓流沿いの遊歩道に入っていった。

安積《あさか》平野の北端に位置する温泉街で、町の北側の中山峠を越せば会津盆地である。中山峠に向かって国道と鉄道が走り、その国道にしばらく並行して五百川が流れている。川と国道の間には旅館やホテルが並んで建っていた。各建物からは、川のほとりに続く遊歩道に下りる小道が設えてあった。

静寂が漲る遊歩道には透明な陽の光が溢れ、沢をゆく渓流の音が聞こえる。

由起子が腕を絡ませてきた。

南側に見える赤い煉瓦造りの発電所を目指してゆっくり歩きだした。発電所の近くには古い

川岸を残す河原が広がっていた。歩くにつれ、次第に川が近づいてきた。

川の向こう側はなだらかな山肌で、解けずに残った雪がまだらになった雑木林で藪椿《やぶつばき》が紅く燃えるように咲いていた。由起子はそれをじっと見つめ、しばらく立ちつくしていた。

やがて由起子は紅い花の茂みから目を離すと無言で道雄を見上げ、その背に腕を回してまた歩きはじめた。

（このひとは、あの紅い花に何を見つめていたのだろうか……）

紅く咲く花が、燃え盛る由起子のいのちのように思えたのが哀しかった。

遊歩道から沢に下る雑木林の上空を、椋鳥の群れが白い腹を見せて飛び交っていた。しばらくして林が切れ、川岸の向こうに発電所が見えてきた。川岸の土手は枯れたススキの白い花穂で埋めつくされ、澄んだ空気がながれていた。

道雄は由起子の手を取って土手を行き、河原に下りていった。河原を横切って進み、流れの岸の平たい岩に並んで座る。

「だいぶ歩いてしまったけど、疲れたんじゃないですか？」

「だいじょうぶ、とても気持ちがいいわ。あたし、やっぱり連れてきてもらってよかったわ」

川底の石が透けて見える清冽な流れは、日の光を水面で砕き輝いていた。由起子は川面を見つめ、流れの音に聴き入っていた。発電所の建物の下半分が、日が陰って黒ずんで見えた。

由起子が体を寄せてきた。

「寒くないですか？」

「こうして体を寄せていれば寒くはないわ。ありがとう……、あたし、あなたに会えてほんとうによかったわ。でも、あなたと一緒にいると、哀しくなってくるときがある……。もしかしたら生きられるかもしれないって、希望をもってしまうの……。道雄ちゃん、抱いて。あたしを強く抱きしめて……」

由起子は急に声を震わせると、道雄の胸に顔を埋めてきた。道雄は由起子の背に両腕をまわして抱きしめた。

「生きられるかもしれないなんて、言うもんじゃないですよ。由起さんはいま、こうして元気でいるじゃないですか……」

「あたし、なんていうことをしてしまったんでしょう。あなたはこんなに若くて健康なのに、あたし、あなたを引き込んでしまったわ……」

「僕は、高校生のころから由起さんが好きでした。由起さんが眩しくて、見ているだけで胸が熱くなった……。由起さんは、僕に思いをくれたひとです」

道雄が由起子の顔を両手で包むと、彼女は両腕を首に絡めてきた。唇が重なり、舌が絡みついてくる。

枯れた下草を揺らし、乾いた音を残して、風が河原を渡っていく。

唇を離した由起子が道雄を見上げた。

「道雄ちゃん、あたしを抱いて……。いますぐ連れてって！」

「由起さん……」

「連れていってほしいの……」

見上げる由起子の目が必死だった。道雄は彼女を強く抱きしめ、しばし逡巡したのち立ち上がった。

二人は寄り添って河原を横切り、枯れた尾花が揺れる土手を上がって遊歩道に戻った。雲の塊に近づいた太陽が河原に陰を走らせていた。

由起子はかたときも道雄から離れず、ぴったりと体を寄せて歩いていた。やがて遊歩道を外れ石段の小道を上がっていくと、「中山屋」という宿の庭に出た。

部屋は和室であった。テレビや冷蔵庫がある部屋の隣はベッドがある部屋で、テーブルに置かれた鉢植えの梅の香が漂っていた。

宿の浴衣に着替えて緑茶を飲んだ。

「お風呂には一緒に入りたいわ……。あたし、何日もお風呂に入っていないから、いっぱい垢が出るかもしれないけれど、あとで背中をこすってほしいの……」

そう言う由起子の頰が染まっていた。照れを隠すように足早に内湯の脱衣所に入っていく。内湯は檜の造りで広かった。湯船の側の板壁には白梅を投げ入れた花瓶が吊してあった。由起子は体に湯をかけ、湯船に足を入れる。

淡い日の光に照らされた白い肌が湯面に映っている。肩に湯をかけるたび乳房が静かに揺れた。何も考えまい、と由起子は思った。

広い窓からは、雪がまだらな赤茶けた山肌と沢を行く渓流が見下ろせ、澄んだ流れの音が聞こえた。立ち昇る湯気を見上げたとき、板壁の花瓶に差してある梅が花弁を散らした。空を舞った花びらはやがて湯面に浮き、そのなかの一片が由起子の乳房の間に近づいてきた。

「しばらくしたら、離れていきなさい。あたしはもうすぐ脱け殻になる女なの、燃え尽きてしまうんだから……」

そっと言い聞かせる。花びらはいつまでも乳房にまとわりつくように浮いていた。

道雄が湯殿に入ってきた。

彼が湯につかっている間、由起子は髪を洗った。

前を洗って流した由起子が、背中をこすってほしいと声をかける。白い肌が上気して桃色に染まっている。道雄はタオルに石鹼をつけ、由起子の背を円を描くようにこすっていった。

「お花が、そっとあたしたちを見ているわ。なんだか、とても恥ずかしいような気持ち……」

「由起さんの肌の色のような花びらですね」

臀部の括れのところまでこすり、湯をかけて流すと、由起子は「ありがとう」と言って湯船に入った。体を流して、道雄も入る。

由起子が肩に湯をかけるたび、湯面に映る白い乳房が揺れた。見つめる目がはっとするほどなまめかしくて、道雄は思わず目を伏せた。湯が動いて由起子が体を寄せてきた。

その腕が道雄の首にまわり、豊かな胸とやわらかな腹部が密着してきた。唇が重なり、熱い舌が入ってきた。

「あたし、髪をいじってお化粧をしますから、待ってらして……」

唇を離した由起子が道雄を見つめて言った。

シャワーを浴びた由起子が出てゆくと湯殿がいちどに静かになり、道雄は取り残されたような気持ちになった。湯船の縁に腰をかけ、湯面で揺れる冬の陽に目をやる。

もう一緒に出かけることはできないだろうと思うと、燃え盛るような由起子の躍動感に胸が締めつけられた。

いちど湯船に体を沈め、部屋に戻った。

道雄が冷蔵庫から出したジュースを飲んでいると、洗面所で化粧を終えた由起子が部屋に入ってきた。笑みを浮かべてテーブルに座り、道雄がコップに注いだジュースを旨そうに飲む。

その目が艶やかだった。

　由起子が道雄に体を寄せ、頬を肩に預けた。浴衣の衿の合わせ目から、肌で温められた芳しい香りが噴き上がってきた。

「このままずうっとこうしていられたら、どんなに幸せか分からないわ。でも、できることではないわね……。あたし、あなたのいのちが二つあればいいと思ったことがあるわ」

「いのちが二つ？」

「そう。ひとつはあなただけのもので、もうひとつは、あたしのいのちと一緒に天に昇っていくの……。そんな夢をいちどだけ見たことがあるわ」

「そんなふうには思わないで、いま、こうして二人でいることを考えてください」

「ええ、生きていたいと思うから、生きられるだけ生きるわ。でも、あなたはそれでいいの？」

「いいんだ。たとえその時が来ても、僕はちゃんと見届けられるから」

「ありがとう、道雄ちゃん」

　道雄の肩に埋めた顔を上げ、じっと見つめる。

「あたし、病院に戻れば、もうあなたには何もしてあげられない。でも、いまなら、ひとつだけ上げられるものがあるわ。いまあたしがあなたに上げられるものは、女のいのちだけ。女のいのちなら、あげることができるわ。いまのあたしを、あなたの目に焼きつけておいてほしい……」

静かに立ち上がった由起子が帯を解きながら言った。やがて、前がはだけた浴衣が肩から滑り落ちた。

由起子が髪を撫で上げると、白い量感のある乳房が揺れた。括れた胴からいきなり丸い臀部が張り出している。艶やかな太股の間には煙るような茂みが見えた。いのちが迸る美しい裸身であった。

「きれいだよ、由起さん……」

「抱いて、あたしのいのちが燃えてしまうまで、いっぱい抱いて……」

立ち上がった道雄に由起子が体を預けてきた。

道雄は由起子を抱き上げ、次の間のベッドに行った。

部屋はほどよい温かさで、窓から柔らかな陽光が差していた。カーテンを引こうとする道雄を由起子が止める。

白い体が眩いばかりだった。由起子はただじっと道雄を見上げている。やがてその手をとって引き寄せた。

透けるような白い肌が吸いついてきた。仰向けになっても形を崩さない乳房を、道雄が撫で上げる。乳首を口に含むと、由起子は「ああっ」と声をあげて伸び上がった。さらに、ふくよかな下腹に唇を滑らせていく。静かに脚が立って開いていった。

大腿の狭間が艶やかに光っている。道雄はその香るところに舌を押し当てて擦った。

「道雄ちゃん、あたしが燃え尽きるまで抱いて……」

由起子は不意に上体を起こしてじっと道雄を見つめていたが、やがてくるっとからだを回して膝をつき臀部を浮かせた。めくれた襞が体液を湛えて艶やかに光っている。道雄は張りのある丸い腰に手をかけた。

「道雄ちゃん、あたし、あなたのなかに棲むことにしたの……。病院に帰るあたしは脱け殻でいいの。だから、いまのあたしをあなたのなかに仕舞って！」

貫かれただけで由起子は山をのぼりだしていた。奥を刻むような快い衝撃感が背筋を駆け上がってくる。

（ああ、いのちが燃えている……。残りのいのちを燃やし尽くして、あたしは道雄のなかに棲むんだわ……）

冬の淡い日の光のなかで脚を開いているのに、夏の日に晒されているような思いであった。体の隅々までが露にされ、日に晒されながら切り刻まれていくような思いだった。強靫な腕で臀部を抱かれ組み敷かれているのに、道雄の重さを感じなかった。重さがないのは、繊細に切り刻まれ、いのちが燃え上がったからだろうと思った。なんときらびやかで、華やかに燃え上がる炎だろう……。

道雄のものを包む滑らかな絹布のような襞が硬直し、噛むように動いている。やがて、それはうねるように動いて奥に吸い寄せられていった。

体を捩《よじ》って堪えかねるように顔を振っていた由起子が、不意に上体を起こして顔を向けた。赤い唇は半開きで、目が忘我の境地を彷徨いだしている。由起子が言った女のいのちが、絶えなば絶えね、と言っているかのようであった。

「由起さん、きれいだ……」

道雄は烈しく何度も迸った。

「あーっ、あたし、あなたのなかで生きていくの……」

体を曲げて道雄の首に腕を絡める由起子が背を反らして叫んだ。由起子はきらびやかな光が降り注ぐ山を幾つものぼり、やがてひときわ輝く大きな山をのぼっていった。

六

咲き誇る黄菊の茂みにとまった数羽の白蝶が羽を広げている。体いっぱいに日の光を受け、ときどき羽を動かしている。

やがて一羽の白蝶が空に舞い上がると、それが合図のように残りの蝶も一斉に飛び立つ。飛び立った蝶はひとかたまりになって黄菊の周りを何度か旋回し、空高く舞い上がっていった。その姿はやがて小さな点になり、見上げる空に紛れていった。

ふと気づくと、羽を広げた白蝶が一羽だけ取り残されていた。近づいて屈んで見ると、蝶は広げた羽を微かに震わせていた。手を伸ばして指先でそっと触れてみる。蝶が震えるような羽の動きを止めた。もういちど指先で触れてみる。一瞬、舞い上がったように見えた白蝶は、ふわっとからだを回転させて地面に落ちていった。

地面に落ちて動かなくなった蝶をそっと掌に載せて見る。片方の羽には笑みを浮かべた道雄の顔が映っていて、もう片方には、目が落ち込み、頬が尖って痩せ細った女の顔が映っていた。心も凍る醜い顔であった。

イヤーッ、イヤイヤイヤー。

由起子は目を覆って叫んでいた。

体を揺り動かされ、名を呼ばれて目を覚ました。

母の嘉子の顔がぼんやり見えた。体が鉛のように重く、口の渇きだけが確かなものとしてあった。

嘉子が保温ケースの蓋を開け、温かなお絞りを取って由起子の額の汗を拭いた。

「夢を見たのね……。口を湿そうか？」

「ありがとう」

嘉子は水差しを傾けて白く乾いた由起子の唇の間にすこしだけ流し、保水綿を取り出して唇を湿らせた。

「お母さん、いま何時かしら？」

「七時半よ。今日は金曜だから、早く見えるかもしれないわね……」

由起子が顔を横に向けて棚を見上げた。

「分かったわ。体を起こしてみる？」

「ええ……」

嘉子はベッドのハンドルを回して頭部を上げ、上体が起きた由起子の背にクッションを置いた。

由起子は、嘉子が棚から取ってくれた手鏡でリップクリームを使い、小瓶の香水を指先につけて首筋になぞった。肌は蝋を塗ったように透き通り、こめかみに青黒い血管が浮き上がっている。由起子は顔を歪めて鏡から目を逸らした。

「そんな顔をするもんじゃないわ。はい、これ……」

「新しいの買ってきてくださったのね」

由起子は母が紙袋から出したスカーフを受け取ると、手鏡を持ってもらって頭を包み直した。

パタパタッと足早に歩く音がして、看護婦が入ってきた。

「気分が良さそうですねぇ。点滴の交換とお注射をしましょう」

由起子は、看護婦が点滴の容器を交換する間に体温計を腋に挟んだ。やがて、腕時計を見ながら点滴溶液の落下量を調節していた看護婦が、由起子が手渡した体温計を見て記録し、皮下注射の用意をする。

点滴の針を刺した腕の腫れ具合の点検が終わると、片方の上腕に注射が打たれた。

「痛みはどうですか？」

「目を覚ましてまだそんなに時間が経っていないから、いまのところだいじょうぶです」

「痛みがきたらお注射をしますから、すぐにコールしてくださいね。それと、明日の朝の九時の予定で放射線の治療をします。車椅子を五分前に寄越しますので、検査着に着替えて待っていてください。気分が悪くなるかもしれませんから、飲み物はあまり摂らないようにしてください」

「分かりました」

看護婦は必要なことを一通り話すと、由起子の新しいスカーフに目をやった。

「今日は、彼、これからですか？」

「まあっ……」

由起子のくぼんだ目が輝き、笑みが零れた。

「楽しみですねーっ、お邪魔虫は退散といたしましょう。それじゃお大事に」

看護婦は笑みを浮かべて少しばかり冷やかしめいた口調で言い、嘉子に会釈して部屋を出ていった。

「あら、今夜も雪になってきたわ。小粒でサラサラした雪だから、積もるかもしれないわね」

母の言葉に由起子が窓を見やると、雪は暗闇から突然姿を現して舞っていた。

（ああ雪が舞っている……、まるであのときの白い蝶のようだわ……）

雪は窓明かりのなかで舞っていた。由起子には舞う雪が、秋の日に庭の黄菊から飛び立っていった白蝶のように見えた。


道雄の車は桜通りの清水台で渋滞に巻き込まれていた。

昨日の夜に降った雪は今日の日中にだいぶ解けていたが、夜になってまた降り出した雪は様相が違っていた。この時節に降るサラついた雪は、かなりの積雪をみせることが多かった。

坂の途中で練馬ナンバーの車がスリップして動けなくなり、渋滞に拍車を掛けていた。雪など滅多に降らない地域ではスノー・タイヤなど見たこともない人がいるらしかったが、この雪のなかをチェーンの携帯もなくノーマル・タイヤで走られた日には、周囲はたまったものではなかった。

道雄は諦め顔で腕時計を見た。渋滞の程度から、八時前には由起子のところに着けそうになかった。ワイパーを動かしっ放しにしておかないと、すぐにフロントが雪に覆われた。脇道に逸れたかったがどこも混雑していて、交差点でもなければ右折も左折もできる状態ではなかった。近くに見える花屋の斜向かいの信号に、なかなか辿り着けないでいた。

ベッドに上体を起こして待っている由起子の姿が目に浮かんだ。疲れるから横になっているように言っているのだが、由起子は眠っているとき以外は、道雄が行く時間帯になると上体を起こしてもらって待っていた。

由起子は一月の二十日を過ぎるころから衰弱が顕著になっていた。神経系に病巣が広がっているらしく、ひどい痛みに襲われ、たび重なる放射線治療で髪は抜け毛がひどかった。日に日に目が落ち込んでいくのが分かり、あれほど美しかった体も痩せ細っていくばかりだった。強い痛みと痛みの間隔も、次第に詰まってきているようだった。激しい痛みに襲われ、痛み止めの点滴を受けて眠っていることが多かった。ベッドに上体を起こしてクッションにもたれているときでも、薬物投与のあとなど、道雄と話している途中に朦朧としてくることもあった。

川を見たいと言う由起子を連れて五百川に行ったとき、「生きていたいと思うから、生きられるだけ生きる」と彼女は言った。しかし、いまは、生きていることの辛さを見つめて生きているようにさえ見えた。そこには生きていることの喜びも、躍動感も、見つからなかった。それでも由起子は、細っていくいのちに恨み言もいわず、笑みを絶やさず道雄を待っていた。

いまの道雄には、由起子のいのちを支えてやれるものは何もなかった。もしあるとすれば、それは由起子に会いに行くことだけだった。由起子に会いに行き、変わらぬ思いを心に感じてもらうことしかなかった。「生きていたいと思うから、生きられるだけ生きる」——由起子のその言葉が、道雄にとっては唯一の救いだった。

ようやく花屋の前を通り過ぎ、交差点に差しかかった。交差点を右折して行けば、渋滞を逃れて病院に早く着ける間道に入れる。

交差点で信号待ちをしているとき、ヘッドライトに映る雪のなかに、花屋で四年ぶりに会ったときの由起子の姿が浮かんできた。

雪は闇から湧いてくるようにますます降りしきるばかりだった。

夕陽の影

一

典子は、時計のベルで眠りから覚めた。戸の隙間からこぼれる光が目に飛び込んできて、頭の芯に痛みが走る。上体を起こして後頭部を軽く叩き、店の女たちと明け方まであおった焼酎のざわめきをやり過ごした。

木製のベッドで窮屈な三畳間の襖を開けると、酔ってカーテンを引き忘れた次の間の窓から、冬の青空が覗いていた。

パジャマの上にカーディガンを羽織ってトイレで用をたすと、コーヒーを淹れ、炬燵に入ってタバコに火をつける。タバコが体の隅々に滲んで気だるさのなかに溶け込むにしたがって典子は次第に覚醒していった。

窓の右手に見える銭湯の高い煙突から白い煙が立ち昇っている。午後の三時を回っていた。

典子は炬燵の上に丸い鏡を置くと、手を伸ばして鏡台の引き出しを開け、化粧落としのクリームとコットンを取った。白粉《おしろい》がまだらに残ったひどい顔をクリームで拭い、昨日の化粧を落とす。常なら銭湯に行ってから出勤するのだが、暇がなかった。化粧を落としてすぐ流しに立つ。

ヤカンに水を汲んでコンロに火を点け、歯ブラシを動かしながらカレンダーに目をやった。赤で丸印が付いた日は、月に一度、田舎の親元に預けている娘に会いに行く日だ。洗面器にヤカンを傾けてぬるま湯を注ぎ、手で掬った。顔の汚れを流したあと、冷たい水を汲んで頬を叩いた。

炬燵に戻り、髪を手繰って鼻に近づけてみる。ブラシで丹念に梳かし、香水をふりかけて夕バコの匂いを紛らした。長い睫毛にカールをいれて唇に紅を塗る。田舎に残した小学一年の娘に買ってやったのと同じ丸い鏡に、艶を売ってひっそりと生きる女の顔が映っていた。

ジーパンに黒い革のハーフ・コートを着てアパートを出る。

日が傾いていた。元浅草から浅草通りを横切って松が谷に出、やがて合羽橋《かっぱばし》から西浅草二丁目に抜けた。

国際通りのひとつ手前の通りから路地に入ると、典子が働く「乙女の館」という店があった。

夕陽が背を照らし、行く手に長い影を投げた。

典子はいつもこの路地で気持ちを切り換えていた。路上に投げ出された長い影の先端が勤め先の入り口に差しかかるまでの間に、感情を霧散させ、泡銭《あぶくぜに》を掴む女になりきるのである。

きょうも典子は、影に目をやって歩きながら気持ちを整えていった。影の先が店の入り口の前に届いた。ネオンが冴えはじめる時刻で、豊満なボディーのバニーガールが煽情的なウインクを撒き散らしていた。

（どんな客でも五千円札と思え、指名が多かれと願って今日も頑張れ！）

典子は心の中でそう叫ぶと、笑顔をつくって勢いよくドアを開けた。

「おはようございまーす」

「おはよう。千草ちゃん、口開けに指名を入れたお客が早々に来て待ってるから、急いでタモれ……」

マネージャーの伊藤が典子の顔を見るなり、彼女の源氏名のプレートを見世板に嵌めて言った。

地階奥の控室に入り、奥のロッカールームで薄物ひとつの体に網タイツを履き、法被《はっぴ》一枚の制服に着替えた。

待合室の隣にある会計で昨日の石鹸代とタオル代を払い、端末機のキーボードを叩いて指名状況画面を開く。ラストを除いて埋まっていたが、口開けの客の名前を目にして首を捻った。

（えっ、大和なんていう客いたかしら？　お初めさんなのにダブルで指名を入れてる……。どうせ口コミお覗きの客だろうけど、口開けの客の善し悪しで今日の仕事のノリが決まっちゃうのよねー。しょっぱなから印象良くない客だけど、とにかく指名入れてくれたんだから、ここは一発、鮮やかに抜いてあげなくちゃね……)

馴染みの客たちの名前を頭の中でなぞってみるが、口開けに指名を入れた大和という男の名は記憶になかった。

典子は待機場の棚からタオルがセットで入ったビニール袋を取ると、マネージャーに目配せした。

「お待たせいたしましたっ！　千草さんご指名のお客さま、お出迎えでございます」

マネージャーが、待合室のドアを開けて客を促した。

色白の彫りの深い顔が現れたとき、典子はいまにもタオルのセットを落としそうになったが、やっとのことで平静を装った。

「いらっしゃいませ、お待たせいたしました……」

典子は客に挨拶すると、マネージャーの目から逃れるように客の前に立ち、足元を気遣う素振りで急な階段を三階に上がっていった。

(どうしてここが分かったんだろう？　きっと偶然に見かけるかして分かっちゃったんだろうけど……。できることならこんな姿は見られたくなかった……)

背中を射る彼の視線が痛かった。いつかはきっぱり言って追いやるつもりの男だったが、いざとなるとそうもいかず、うやむやの女を演じていた。体のなかには、深い溜め息のような後ろめたさがあった。

典子は目を伏せて噴水の横を通って一番奥に進み、道路に面した個室に入った。

三階の八室は、前の月に基準数の指名を獲得した、部屋持ちの女たちが働く場だった。基準数の指名を得られなかった女たちは、二階の空いた部屋をあちこち移りながら、ついた客をそのつどこなさなければならなかった。

部屋へ入ると、黙って湯船の蛇口を捻り、男の上着を脱がせてハンガーに吊した。

（あたしがいけないいんだけど、いくらなんでも、そんな目で見つめられたら余計に切なくなっちゃうでしょう……。あなただっていけないのよ、いまどき、古い農村や里山の研究以外は何も知らなくて、三十五歳にもなるのに、初恋の女の面影を引きずって生きてる男なんて、罅《ひび》の入った骨董品みたいなものなんだから……。なんとか言ってよ！　いくらこんな女でも、こういうときは惨めで何も言えないものなんだから……）

典子は、ワイシャツ姿で手漕ぎ台に腰を下ろした彼の前に立ち尽くしていた。

湯船から湯が溢れ、タイルの床に流れて湯気が立ち昇っている。典子は湯殿に下りて蛇口を閉め、彼の隣にうなだれるようにして座った。恥ずかしくて顔から火が吹き出しそうだった。

置き時計が刻む時が長かった。

「千草さんだなんて、いったいあなたは、ここで何をしているんですか？」

「何をしているって、そんなふうに訊かれても、説明がむずかしいわよ……。この部屋を見たら分からないかしら……」

「分からないから尋ねているんですよ」

（バカッ、あたしの恰好や部屋の様子を見たら、たとえ初めてのガキでも、男ならピーンとくるわよ……。学問一筋か何か知らないけど、いい歳してこんな店ひとつ知らないだなんて、ズレにズレて、ズレまくってるのよ。もっとも、それだからこそ、あたしみたいな女に手玉にとられたんだろうけど……）

「そうですか！　それじゃあ、あたしのお仕事をご覧になっていただきますから、裸になってくれますか……」

「裸？　いま、あなたの前で、僕が裸になるんですか⁉」

子供のような目が少なからず狼狽しながらも、まじまじと見つめてきた。

（アーン、もう頭に来た！　ズレまくったあんたが相手だと怒りも腰砕けになっちゃうけど、すこしはあたしの身にもなってよ……。まったく、勘が狂って、こちゃこちゃな女になっちゃうじゃないのよ）

「裸になっていただかないと、お仕事ができませんの……。早く裸になって、風呂に浸かるのよ！」

どこかに、もうどうなってもいい、という思いがあった。

ひょんなことで知り合い、たった三度だけ求められて昼間に会っただけだったが、典子が三十歳になるまで生きてきて、関わったことのない種類の男であった。

いつもピーンと気を張り詰め構えて暮らす日々のなかで、ズレて話はあまり噛み合わなかったが、ひととき仄かで温かなものをくれる男であった。

棘のある言葉に男はたじろいでいたが、ネクタイを外され、ベルトを引っ張り抜かれてパンツをずり下ろされると、観念したのか、言いなりになって裸になった。

両手で前を隠し、背を丸めて湯殿に下りていく男を横目で見ながら、典子は網タイツと法被を脱いで、ブラとショーツだけになった。男の衣類をロッカーに入れ、ベッドに腰を下ろして脚を組む。

湯船に浸かって恐る恐る見上げてくる男を見つめながら、ハンドバッグからタバコを取り出し、ライターを擦った。まだ憚られる気持ちはあったが、仕事は仕事だ。タバコを揉み消して湯殿に下りた。

「湯船から出て、この丸い椅子に座ってください」

「……」

口をあんぐり開けて恐怖の目差しで見上げる男の手を握って立たせ、椅子に座らせた。

型通り男の体を洗って流し、前に屈んでソープを自分の手に塗りたくると、じっと典子の手元を見下ろしていた男が、座ったまま椅子を持って後ずさりした。

「何をするつもりですか？」

「何だって言うのよっ、困っちゃうでしょ！　お仕事なんだから、ちゃんとしていてくださいよ」

「ヒェーッ、そ、そんな……。ウウウウウッ……」

典子が屈んだまま追っかけて股間のものを掴むと、男は両手を胸に交差させ、震え上がるようにピクンと背筋を伸ばした。

垂れていたものが急激に上を向いてきたとき、典子は思わず息を呑んで見つめた。一日に十本近くは見慣れているが、大きさといい、硬く反った形といい、稀に見る絶品であった。無意識に尿道に沿って擦り、感染症の有無を確かめてから湯をかけて流した。

「飲み物は何にしますか？」

「はい、典子さんのお勧めで、いいです……」

湯殿から上がり跪《ひざまず》いて男の体を拭く典子に、彼は腰を引きながら答えた。

「分かったわ。すぐ戻りますから、ベッドで休んでらして……」

目前で、強張ったものがピーンと上を向いて微動もせずにいる。

典子は男の顔を見上げて立ち上がると、再び法被を着けて微笑み、ハンドバッグを持って自動販売機に向かった。

（なんだろう、この背筋が震えるようなゾクゾク感は……。それにしても、見事なものだわ。この仕事に入って三年になるけど、あんなものに巡り合ったのは初めて。それも、変に出会って知ったあの男にぶら下がっていたなんて、不思議でおかしくて、なんだか、わくわくしちゃう……。素性を知られてケツをまくったわけじゃないけど、どっちみち住む世界が違うんだし、無理して付き合ったところで、くたびれ果てて壊れるのが関の山。そう考えたら、どうなってもいいいってさっきは開き直っちゃったけど、なんだかもったいない気がしてきたな……）

典子は自動販売機にコインを落としながら、手の甲に吹きかかる息の高まりに思わず苦笑した。こんなことも初めてだった。

思いも寄らず見事なものを見せつけられたからと言って、いっぱしのお姐さんがあんな変な奴にこちゃこちゃにされたかと思うと、あるまじきことに体の奥が熱くなっていた。なんとしたことだ、とフウーと肩で大きく息を吐く。

（なんだぁ、口開けからこちゃこちゃになってたら、今日一日が思いやられてしまうじゃないか！　どれ、ここは一発、意地でも鮮やかに、あの見事なものを抜き切ってやるか！）

典子は缶入りの緑茶を手にすると、男が待つ部屋に戻った。

「お待たせしました、緑茶でよかったかしら？」

「ええ、緑茶は大好きです」

彼は言われたとおりに手漕ぎ台に腰を下ろし、前屈みの恰好で待っていた。

「まあ！」

前屈みで、まともに顔も向けてこないわけが分かった。股間のものが、反り返って上を向いたままだった。

（かわいそうに、そんなにカチカチになっていたら痛いくらいでしょう。待ってて、いますぐにちゃんとしてあげるから……）

なんだか変だと思った。意気込んで引き返してきたのだが、男の姿を見た途端に、変なかたちで向こう意気が霧散していた。

典子は法被を脱ぐと彼にくっついて座った。

「お茶を飲んで、気を休めてください」

「はい……」

缶入り緑茶の蓋を開けて手渡すと、男は小刻みに震える手で口元に運んだ。

飲み終えるのを見計らって空き缶を取り上げ、典子はおもむろにしなをつくって男の前に立った。見上げてくるのを待つようにブラを外すと、量感のある乳房がブルンと揺れて零れた。

跪いて男のものに手を添え、頬ずりしてからそっと唇を這わせる。添える手に強い脈動が伝わっている。何か変だ……。無意識に、忙しく腰の位置をずらしながら唇を這わせていたのだ。そんな自分に気づいて典子は慄然とした。

（すごい……、なんだか、変な気持ちになっちゃうわ……。これを頬張ったら、喉の奥に突き抜けてしまいそう。どんな女でも同じだわよ、こんなもの見せつけられたら、誰だって変な気持ちになっちゃうわよ。でも、このぎこちない態度、もしかしたら、このひとはまだ女を知らないのかもしれないわ。男の瑞々しさなんてとうに忘れちまっていたけど、このぎこちない瑞々しさに魅せられて、変な気持ちになっちゃったのかもしれない……）

典子が唇を離して見上げると、涙を浮かべた目が見下ろしていた。不意に胸の鼓動が高じ、体が熱くなっていった。

「かんべんしてください……。僕、感激のあまり、どうしていいのか分からないんです……」

「しばらく、このままでいらして……。もし堪らなくなってしまったら、あたしの口にしていいの……」

「……」

典子は微笑んで艶やかに光るものに再び手を添え、ねっとりと舌を絡めていった。顎を広げて頬張ると、彼の腰が小刻みに震えだした。

（やっぱり、このひとはまだ女を知らないんだわ……）

さっきケツをまくったばかりなのに、どこかに、（たらし込めるものなら、たらし込んでしまおうかしら）という気持ちが生まれていた。

（こんな骨董品みたいなひとは、そうざらに見つかるものじゃないわ……。このひとが、あたしに映して見ているのは初恋の女の面影だろうけど、その面影にそっくりだというあたしにだったら、たらし込まれてもいいいんじゃないかしら？　それにしても素敵だわ。ほら、もうこんなになって、いまにも弾けそう。ああ、ますます変な気持ち……。このすごい奴、どんなに激しく迸《ほとばし》るのかしら？）

舌を巻きつけてグルグル回すと、揉み上げる掌に浮き上がって収縮する二玉の感触があった。

「ああッ、典子さん！」

激しく迸るものを絡めた舌裏で受け止め、口内いっぱいに含んだ。そして、鎮まるのを待って口を離し、彼を見つめながらゴクっと飲み込んだ。

「なんてすばらしい世界なんだ……。典子さん、僕はこの感激を忘れません！」

しがみついて乳房の間に顔を埋める男を抱きしめ、典子は子供をあやすように優しく体を揺すった。

時計を見るとハーフ・タイムに差しかかっていた。

「あと半分、時間があるわ。あたし、美味しいコーヒー淹れてくるから、お風呂に入って待ってらして……」

典子は彼の胸に顔を埋めて言うと、法被を着けて一階の控え室に向かった。

(何だろう、この体のなかで輝き出したものは?)

なんだか軽やか気分になっていた。典子は軽快なステップで階段を下りていった。

コーヒーを二つ、お盆に乗せて部屋に戻ると、風呂から上がった男がタオルで体を拭いていた。色白の肌がうっすらあかく染まっている。

手漕ぎ台に上がり、お盆を挟んで座ってコーヒーを飲んだ。男は相変わらずまともに典子が見られないふうであった。

いま目の前で、手漕ぎのソープの女を相手に緊張の面持ちでコーヒーを飲んでいる男が有名大学の民俗学の教師だとは、とても信じられなかった。

典子は高校卒業後、事務の仕事をして数カ所の会社を転々とした。ミスばかりしてどこでも長続きしなかった。

「いまの自分が上手くいかないのは、みーんな周りが悪くてバカだから!」と開き直り、夜の街の吹き溜まりに足を踏み入れるようになったが、堕ちていくのにそう時間はかからなかった。

都合のいい女になるつもりはなかったが、体を通り過ぎていった男たちの痕だけが染みついていた。そんななかで、今度こそまともな男だろうと信じて結婚し、子まで生《な》したが、見事に裏切られていた。

この店で働くようになって三年になるが、高校を出て以来、学問などとは無縁に過ごしてきた。

(でも、あたしはあのとき、どうなっていたんだろう? 男にはもうくたびれて、男が物にしか見えなくなっていたはずのあたしが、あのとき、この変な奴に声かけられて、すんなりお茶しちゃっただなんて。やっぱり不思議だわ……)

本郷の菊坂を歩いているとき、突然、背中を掻き毟られるような声が飛んできて、驚いて振り返ったときのことが思い出された。

先月のことだったが、典子は文京区の職員だという客から、本郷に樋口一葉が貧乏生活を送っていたころの住まいが残っていると教えられた。

男の脚を広げて仕事をしたあとの雑談のなかで、独りどん底の生活のなかでもひたすら恋を信じ、やがて文士として成長していった女の生きざまを聞き、胸を打たれるものがあった。折から文京区では一葉生誕何年かのキャンペーン中とかで、その客は帰り際に、鞄からチラシを出して置いていった。そこで典子は、次の公休日は暇な一日だったので、思い立って本郷に出かけてみたのだった。

地下鉄の本郷三丁目からチラシの道順に沿って菊坂通りに入り、真砂小学校下に差しかかったとき、いきなり後ろから声をかけられた。喉から摑みだすような、息急き切った必死の声だった。驚いて典子が振り向くと、中背で三十代半ばの、身なりは整っているがどことなく垢抜けしない感じの男が、いまにも迫ってくるような形相で立っていた。

「あのー、突然お声をかけてしまってお許しください。大変ぶしつけで失礼なんですが、お、お名前を聞かせてくれませんか? い、いえ、私は決して怪しい者ではありません、この近くの大学の教師をしている者です……」

「行きずりの男から、いきなり名前を訊かれるのは初めてだわねー。典子っていうんだけど……」

「そうですか、典子さんですか……。それと、すみませんが、何典子さんかも……」

「ああ、フルネームっていうやつね? 村中、村中典子っていうのよ。田舎の村の中で採れた女だから、村中典子、そう思ってもらったら覚えやすい名前だけど」

男の目が食い入るように見つめていた。が、典子は不思議にこのぶしつけな男の目が嫌だとは感じなかった。いつかどこかにそっと置いてきた、これだけはと思うものを彷彿とさせる、子供のような澄んだ目だった。

「いったい、どうしちゃったんですか?」

「似ているんです! いや、生き写しといってもいい……。もう亡くなっていますが、まるで、そのひとそっくりなんです! ああ、また失礼なことを言ってしまいましたが……」

「ああ、他人の空似っていうやつね……」

髪をあかく染め、胸の開いた薄手の白いセーターに、丈の短い赤いエナメルのスカートとジャケットを羽織った、どこから見てもそれと分かるような女と歩道の真ん中に突っ立って話す男を、行き交う人が眉をひそめて見ていた。

「あと何かご用があるかしら? この先の、一葉さんのお家を見に来たんですけど……」

「ああ、それなら、あとで私がご案内いたします。その前にいかがでしょう、もっとお話を聞かせてもらえないでしょうか……。近くに、昼飯を食わせてもらっている店があるんですよ。入り船なんぞという、変に雅《みやび》やかで艶な名の店なんですがね、是非、お話を聞かせてください」

「飯を食わせてもらっている、変な名の店ね……。あなたのような、変なひとたちばかりが行く店かしら?」

「ああ、そう言われてみると、そうかもしれませんね。何事にも動じないママさんがやっている店でしてね、酒をかけた飯を喜んで食べるような客ばかりが来ている。私も、そのなかのひとりですが、いかがなものでしょうか」

「偏った人たちばかり呼び込む変な店だと困るけど、あたしも、変でない女とは言えないから構いませんわ……」

男は、近くの大学で日本の農村民俗学の教鞭をとっている助教授で、溝井慎一郎といった。一日の大半を学問で過ごしているとみえ、社会の事々はあまり知らないらしく、典子のくだけた話に目を輝かしていた。

それとなく水を向けて観察した女に関わる面でも清く在り続けているらしく、典子が夜の街に羽ばたく女だなどとは、まったく気づいていないふうであった。典子はわれ知らず、いつからか慎一郎が勝手に思い描く女になりきっていた。

以来、典子は誘われるままに三度、この店で溝井に会っていた。酒を飲みながら話し、帰り際に次に会う日を決めるのが常だった。

溝井がコーヒーを飲み終えると、典子は黙って片づけ、黒目がちな大きな目で見つめながら、ブラとショーツを脱いでいった。そして最後に法被を脱ぐと、慌てて目を伏せる溝井の肩に腕を回して覆い被さった。

溝井の乳首を吸っては舌で撫で回し、彼の脇腹から大腿の内側を柔らかな乳房で擦っていった。乳首を吸いはじめたときから、彼のものは天突くばかりに反り上がっていた。

（またこんなになってる……。ただ大きいだけじゃなくて、艶々して、反り具合といい、こんなに形の良いものは、なんど眺めても惚れ惚れするわ。それに、この強く張り出した甲であそこを扱《しご》かれたら、狂っちゃうかもしれない……。アーン、変な気持ちになっちゃう……、手漕ぎのソープの女にとってあるまじきことだわ。でも、ますます変な気持ち。アーン、これでは困ってしまうでしょう！）

典子はまったく予期せぬことになっていた。体の奥が蠢《うごめ》いて燻《くすぶ》りだし、脚の間が滑るほどに溢れるものが止めどなくなったのだ。

（どうしよう……。これでは恥ずかしくて、跨いで見せる定番のサービスもできないわ）

典子は引き込まれるように手を添えると、硬く反り返って微動だにしないものに唇を這わせた。舐め上げては頬張り、ねっとりと舌を絡めた。体の中を熱い血が駆けめぐり、奥の燻りに火が点きだしていた。

（もうこうなったら、恥ずかしいなんて言っていられない……。ねえ、いまのあたしの気持ちがどれほどのものか、よーく見て分かって！　いくらあながたズレてても、あたしのここがこんなになっているのを見たら、どうすればいいか分かるでしょ？　ここは伝統の手漕ぎが売りの店なのよ。そんな店の女のほうから、間違っても欲しいなんて言えないのよ。ねえ、わかるでしょ？　あなたから手を出してくれさえすれば言い訳ができるし、あなただって好都合でしょう？　アーン、こうやって頰張っていると、あなたが貫いてくるような気分になっちゃう。ただ、あそこを顔に近づけたら、鼻孔を刺激するような匂いに驚くかもしれないけど、女なら誰でも、それぞれにツーンと来るような独特の匂いをもっているの。だから、めげずに顔を背けたりしないでほしいの……。そしたら、あたし、これからあなたの顔を跨ぐから、じーっと見て、あたしがいま、どんなにひもじいかを分かって……。そして、分かったら、あなたのほうから手を出して！　指先ででも、唇ででも、一度だけでもいいから触れてくれればいいの。そしたら、立派にあたしの言い訳が立つから……）

典子は、堪りかねて彼を跨ぐと、露になった脚の間を相手の顔に被せていった。

溢れたものが内腿に流れだすのが分かるほどだった。鼓動の高まりに、充血したところがジンジンしていた。

驚嘆の目差しで食い入るように見つめていた溝井が、「ああっ！」と叫ぶと、両手で典子の臀部を摑み、音を立てて舐めはじめた。

ぎこちなくとも舌が動くたび、捲れ上がった襞が触覚となってザラザラ擦る感触を貪っていた。

「慎一郎さん、あたし蕩《とろ》けてしまいそう。アーン、堪らないわ……」

典子は絞り出すような声で切なげに言うと、小刻みに腰を震わせて溝井の顔に押しつけた。ングッと溢れ出たものを飲み込んだ彼は、少しばかり息苦しそうにもがいて顔を離し、典子を見上げた。

「ねえ、あたし、こんなになっているのよ！」

「典子さん、あなたが言わんとしていることは分かるような気がするけれど、僕は、どうしたらいいのか見当がつかなくてとても辛いんです……」

「アーン、こんなときに、なんたることをおっしゃるんですか！　いいわ、もう同じことだから、あなたが何をしたらいいのか、あたしが教えてあげる！」

荒々しく組み敷かれたら、それこそ踏ん切りがつくという思いはあったが、仕方なかった。いい歳をして情けないと思いながらも、初めて女を知る心境は餓鬼も同じだろうと思うと、女冥利というか、いくら男を渡ってきた女といえども愛おしさが湧いていた。

入り口のドアを見ると、湯気で窓ガラスが曇っている。これでは廊下から見える心配はないだろう。

典子は微笑み、体を回して溝井を跨いだ。

相手の目を見つめながら後ろ手で触ると、硬くてすべすべした感触が伝わってきた。臀部を持ち上げると脚をいっぱいに広げ、膝の位置を定めながら静かに腰を沈める。

「ああ、すごい！」

「なんという感激なんだ」

軋むような感触で貫いてきたものが、奥の部屋の入り口までも押しあけていた。言葉に表せない怒濤のような衝撃が背筋に走り、まるで全身の皮膚がずり落ちていくようだった。典子は思わず腕を前で交差させ、上体を捩っていた。

溢れるものは止めどなく、腰を上下させるたび卑猥な音が洩れる。恐る恐る伸びてきた手が典子の揺れる乳房を撫ではじめた。

「そうよ、乳首をコリコリして、口で吸って……」

典子は弾む声で言うと、すこし前屈みになって彼に乳首を吸わせ、やがて脚の間を擦りつけるように廻しはじめた。

「この柔らかく噛み上げるような感触は、何物にも代えがたい。僕はもう、あなたの虜になってしまいました」

「アーン、すごくてーッ、そんなに突っつかれたら、たまんないわ」

体の奥を、焼けた棒で抉《えぐ》られ突つかれるような思いだった。

「典子さんッ、僕はもう……」

強い脈動が襞に走り、奥の部屋に烈しく迸る感触があった。

「あーっ、フィニッシュもすごくてー!」

丸い白桃のような臀に痙攣が走り、唇が捲れて半開きになった口から言葉にならない掠れた声が洩れた。

二

「なに言ってんのよ、あたしなんか、店に来る途中で今晩のおかずを買ったら、昨日の稼ぎがなくなっちゃったわよ。まったく、ボウズ紛《まが》いがこれほど続いた日にゃ、足代も稼げやしない。いくらあそこに蜘蛛の巣が張ったあたいでも干上がってしまうわよ。ああそうだ、今日は東京競馬のＧⅠだったでしょう。あたいの思いも長すぎて涸れちまったから、いまさら心ときめくっていうわけにもいかないけどさあ、仏壇返しか、バナナ屋さんでも来てくれないかしらねえ。贅沢言わないから、ゴム長さんだって構わないんだからさあ。アハハハハ」

泡銭《あわぜに》のお局《つぼね》の定春《さだはる》がコーヒーを啜りながら、持ち前のキャリア・ジョークで若い泡姫たちの沈滞感をおちゃらかしていた。

この「乙女の館」ができると同時に入って、ちょうど万博のころだったと言っていたから、もう五十も半ばになっているだろう。砂町出の気っぷのいいお姐さんで、いまでも体育系の学生などに人気があり、長らく体を張ってきた店への貢献度は絶大であった。

二十数名いるこの店の泡姫の三分の一は、定春のような昔乙女たちだった。乙女の館はいまどきでは珍しい、昔気質の女たちを大事にする家族的な店で、盆暮れなどは、社長のお内儀手作りのずんだやお供え餅が配られた。

典子は入店時に、このお局の定春から新人教育を受けた。

定春が言う「仏壇返し」とは、店の近くの国際通りでトンカツ屋を営む店の老主人のことで、若くして亡くなった奥さんの位牌を背に返して店に通ってくることから、こんな徒名《あだな》で呼ばれていた。同じように、浅草の場外競馬場では顔の競馬プロは、開催中は決まって籠入りのバナナを下げて店に顔を出すことから、「バナナ屋さん」と呼ばれていた。また、「ゴム長さん」は、川向こうから自転車で通ってくる鮮魚屋の主人のことで、いつも仕事着の白い割烹着姿で、四季を問わずゴム長を履いていた。彼らは、定春に面倒を見てもらいながら、彼女と共に歳を重ねていた。

――千草さん、千草さん、喜んでお出迎え!――

インターホンからマネージャーの声が飛んできた。

口開けからお茶っぴきでいた典子は、同僚たちと顔を見合わせながら、にわかに活気づいた態で立ち上がった。

師走だというのに、不景気風に吹かれて客数が落ちていた。マネージャーが言った「喜んで」というのは隠語で、窓口指名のお客さんという意味である。

典子はタオルのセットを抱えると、小走りに行ってマネージャーに目配せした。

「お待たせいたしました。千草さんご指名のお客さまっ、お出迎えでございます」

マネージャーが待合室のドアを開けて言った。

緩くパーマをかけた、日焼けした顔が現れた。

「いらっしゃいませ、お待たせいたしました！」

典子は客の前に立ち、足元を気遣いながら急な階段を三階に上がっていった。

(えーと、いつか見た顔だとは思うけど、なんて名前だっけ?)

忙しなく頭を回転させて記憶を辿る。

指名を入れた客は、一週間ほど前、仕事が跳ねる間際に飛び込んできた無口な男だった。一番奥の個室に入っていった。

「あたしうっかりして、お名前を聞かせてもらうの忘れちゃったけど、このあいだ慌ただしくさせてもらったお客さんでしたよね?」

湯船の蛇口を捻り、男の脱いだ下着を畳みながら典子が尋ねる。

男は照れた仕種で頷いただけだった。

湯船に入った客に歯ブラシを渡し、口を濯ぎ終わったところで椅子に座らせた。体を洗ってやり、やがて股間に手をやって丹念に揉み洗いをした。

「どっちのほうから来るんですか？」

「小岩、仕事がこっちだから……」

タオルで体を拭きながら訊いた典子に、なんとなく言い訳めいた口調で男が答えた。おとなしすぎてなかなか話が続かないが、どことなく人の良さが窺えた。

男を一畳ほどの広さの手漕ぎ台に腹這いにさせ、背中から腰まで軽く指圧を施し、次に仰向けにさせてから、思わせぶりにしなをつくって網タイツを脱ぎ、ブラをとった。

添い寝の恰好になって体を被せ、男の胸から脇腹辺りを撫で回した。やがて乳首を舐めながら男のものを弄《まさぐ》る。

目をパチパチさせて天井を見ていた男が、意を決したような仕種で典子の法被の前を割り、乳房を撫で上げてきた。男のものが上を向いていた。

典子は笑みを浮かべて男の顔を見ると上体を起こし、足元の小さなテーブルの上からワセリン溶液の入った小瓶を取った。それを男のものに塗りつけて扱《しご》きはじめる。ほどなく二玉が浮き上がって、予調が見受けられた。

典子は片手でタオルを手繰って備えた。やがて男はピクピクッと腰を震わして持ち上げると、荒い息を吐いた。息が整うまで男のものに手を添えて揉み上げる。

洗い場に促して股間を洗ってやった。

「飲み物、何にしますか？」

「えーと、お茶」

「缶入りでいい？」

「はい……」

歳は典子より二つ、三つ下だろうか、目が合って慌てて下を向く男が久し振りに瑞々しかった。

典子はハンドバッグを持って部屋を出、階段の踊り場にある自動販売機から缶入りの緑茶を二つ買って部屋に戻った。まだ十五分ほど時間があった。

「あなたのお名前、教えてもらえる？　それとー、よかったらー、携帯の番号も……」

「佐々木です。番号は、……」

「また遊びに来てね」

（よーしっ、これなら行ける）

典子は流し目で男を見ると、手帳の固定客候補欄に客の名を書いて笑みを浮かべた。

眩しそうな男の目が、どことなく懐かしかった。スウェードのジャンパーをハンガーから外して着せてやると、彼は二つ折りの財布から五千円札を取り出し、ペコンと頭を下げて差し出した。

「ありがとう、ほんとにまた来てね……」

典子は笑顔で受け取り、ハンドバッグにしまった。湯船の栓を抜いて、部屋を出る。

「風邪など引かないで、頑張ってね」

地階に下りる階段の踊り場で、典子が客の背中に言った。

「ありがとう、千草さんも元気で……」

男は足を止めて振り向き、微かに顔を赤らめながら言った。

ひととき典子と過ごした男は、夜の街に紛れていった。

典子は、閉まったドアをしばらく見つめていたが、やがてマネージャーに目配せすると待機場に入り、タオルセットの袋を棚から取って次の客の準備にかかった。

次に指名を入れている馴染みの客は、ときどき高価な果物を差し入れてくれる西新井のスーパーの店主で、典子が不意の休みのときは、そのまま取って返す丸顔で気の良い老人だった。

典子は、タオルセットの包みを胸に抱えると呼吸を整え、マネージャーの横に立った。

あと十分ほどで午前零時になる。

典子はラストの客を送り出すと、急いで仕事場の清掃に取りかかった。仕事仲間の幸子が話があると言っていた。彼女は一つ歳嵩の三十一歳で、典子と同じく田舎に子供を預けて働きに出てきている母親であった。

「あたし寂しかったのよ、甘えられる男が欲しかったのよ……。彼氏に二カ月も放って置かれ、ダメになったとばっかし思って、喫茶店で知り合った男を部屋に入れるようになっていたの。昨日は公休日だったから、夜は訪ねて来た男と一緒にマンションにいたんだわー。で、抱かれてる最中にチャイムが何度も鳴って……。彼氏、あたしの慌てぶりから思い当たったらしく、一言もいわずに帰っていっちゃったの……。ダメになったとばっかし思っていたのに……。今日の昼に電話があってね、タイに長期出張だった、何度も連絡したが通じなかったって言うじゃない。ねえ、こんなことってある？　いい加減、自分が嫌になっちまって……」

行きつけの縄暖簾で幸子が涙を見せた。典子とは三年の付き合いだったが、初めて見せた涙であった。

よりによって間が悪い、と典子は幸子の心境が分かる気がした。

幸子の話の相手は、典子も何度か会わせられたことのある、コンデンサー製造会社に勤める普通の真面目な勤め人で、幸子も本気で付き合っていた。

（あたしもあのひとと、いつかはこんなふうになるかもしれない……）

「それで、そのあと彼氏、何て言ったの？」

「何も言わなかったわよ。でも、分かるでしょう？　ねえ、あたし、あんなひとにはもう二度と巡り会えないっ……。バカだ、バカだ、ほんとにバカだよ！　自分がこんなにバカだとは思わなかった」

幸子は徳利を持ち上げるとコップに注ぎ、一気に飲み干した。

「自分を見たくないときって、あるよね……」

コップの中に、住む世界が違う男にうつつをぬかす女の顔が映っていた。

不思議と頭が冴えていた。典子は空の徳利を並べると、追加を注文してコップを口に運んだ。話の内容から修復可能なことではないと感じたが、話して気が晴れるものなら相手になろうと思った。

「こんどの男って、どんなひとなの？」

「ダンプの運ちゃんよ。目がちっちゃくてガラッパチだけど、仕事は真面目にしてるのよ。これまで金せびられることもなかったし、ときどき、うんと優しいんだわ……」

「話してあるんでしょう？」

「……あるんでしょうって、あたしのこと？」

「そうよ、あたしに会わせた彼にだって、言ってなかったじゃない。まともに相手を引っ張っておいて、実は、あれです、これです、子供もいます、だなんて……。遊びならいいわよ。でも、遊びができる質《たち》じゃないいんだから、分かるでしょ？」

「だって、嫌われるかもしれないもの、怖くて言えないよ」

「幸子、この商売に入ったころに二人で話したこと、覚えてる？　二日違いでいまの店に飛び込んで、あたしはあんたがいたからこの仕事やってこれた……。男に捨てられても、子供は捨てきれない。他に稼げる頭もなくて、切羽詰まってこの店に入ったんじゃないの。一年間、稼げるだけ稼いだら、田舎に戻ってまともに暮らそうって……。それが、二年、三年と抜けきれないでいる。悪いことしてるわけじゃないけど、ブクブク膨らんだり凹んだり、すっかり泡銭摑むことに慣れちまって……。まともって何だろうって、あたしだって思うときがあるわよ。でも、お互い、子供を捨てきれないのをいいことに、いまだに泡銭摑んでいるんだから、あたしら、普通の女になりたくてもなれないんだよ……」

「ちくしょう！　並みの女になりたくて懸命に生きてきたのに、あたし、いちどくらいは本気で愛されたっていいと思う……」

普通の女にはなれないんだと言いながら、幸子の言葉が典子の胸に熱く響いた。子持ちの夜の女に真っすぐにものを言わせ、普通の女として接してくれる男の顔が浮かんできた。愛されながらも、いつも遠くで輝いている顔であった。

コップに徳利をひっくり返すのを見て、店の主人が酒を運んできた。気付けに出してくれたシジミの赤だしが胃に爽やかだった。

「男って、変な生きものだよねー。一緒にいたらいたで何かとたいへんだけど、ひとりになってみると、これまた困るんだよね……。それでいて、忘れられなくなったり、憎んでみたり、まったく困ったもんだ。もっとも、旦那みたいな男ばっかしなら、文句はないけどさー」

シジミのお椀のおかわりをしながら、幸子が店の主人に言った。

「姐さんみたいな人にそう言われたら、女に振られっ放しのあたいでも、生きてきた甲斐があるってもんだっ。ねえ、こっちの姐さんにも差し上げちゃって……」

カリッと刈り上げた白髪に豆絞りの手拭いの主人が、混ぜっ返しついでにお椀を二つ渡して寄越した。

空の徳利が十本近く並んでいた。

「典子、ありがとね……。聞いてもらって、気が楽になったわ」

「いいんだってばー。そうだ、通りの斜め向かいのネギラーメン、行こうかっ？」

「そうすっかぁー」

幸子が歯を楊枝で梳きながら立ち上がった。

店主に謝意を言って店を出た。

三

朝から細い雨が降り続いていた。

典子は洗濯物を脱水槽から取り出すと屋根裏部屋に上がって物干しに掛け、部屋の掃除にとりかかった。

休日は四日に一度あったが、いつも細々した用事に追われて一日が終わった。

掃除を終え、開け放してあった窓を閉める。もうすぐ三月になろうとしていたが、狭間の雨はまだ冷たかった。炬燵に入ってタバコに火をつける。

窓の向こうに、葉を落とした木立に囲まれた寺の屋根が見える。典子はこの窓から見える風景が気に入っていた。

着の身着のままでいまの店に入り、四人部屋の寮からひと月通って得たものを手に訪ねた不動産屋が、典子の予算を聞いて、眉間に皺を寄せながらも最初に案内してくれたのがこの部屋だった。風呂もなく、時代を感じさせる建物だったが、窓から見える下町の風景は最高だった。

　いつだったか、風邪を拗《こじ》らせて何日か仕事を休んだが、売薬を飲んで、部屋から一歩も出ずに窓の外の風景を見て過ごしたことがあった。また、寺の木立が装いを見せる春や秋は、実家の周りの光景を彷彿させて大いに慰めとなる。

　少し足を運べば、上野の山や不忍池《しのばずのいけ》も近い。池の周りには遊歩道があり、蓮と紫陽花の花の季節が美しかった。

　典子はこの部屋で過ごした三年間に、数えるほどではあったが、池の周りを散歩したことがある。公休日に思い立って散歩に出かけた二年前の六月、叢って咲く紫陽花の前で芝宮一郎という男に出会った。田舎の両親に娘を預けて働きだして間もなくのころで、休みの日に部屋にひとりでいると、里心が募ってしかたのない時期であった。

　芝宮は、日暮里に工場がある水の浄化装置を造る会社の社員であった。防水服を着けた芝宮が、紫陽花の小道を背にして池の土手に座り、携帯用のパソコンを膝の上で使っていた。こんなところで何をしているのだろう、と辺りを見回すと、池の土手に沿っていくつもの水槽が浮かんでいた。いちばん北側の水槽では、防水服を着た男性が胸まで水に浸かって植物の根を調べていた。

あとで分かったことであったが、一郎の会社は、汚染が進んだ池の効果的浄化方法について、自治体から調査を依頼された民間会社のなかのひとつで、機器による浄化を提案するための実験データを纏《まと》めるのが一郎の仕事だった。

ちょうど昼時であった。典子は、一郎の斜め後ろのベンチに座り、用意してきたおにぎりをバスケットから取り出した。ふと見ると、一郎はパソコンを側に置き、リュックを開けてドカ弁を取り出した。

弁当の蓋を開けて膝に載せ水筒を開けようとしたとき、膝からドカ弁がポチャンと音を立てて池の中に転がり落ちた。思わずプッと吹き出してしまった典子に、振り向いた一郎が照れ笑いを見せた。日焼けした端正な顔の白い歯が印象的だった。

「まったく、洒落にもなりませんよね」

「ごめんなさい、笑ったりして。でも、おかしいんだもの……」

典子はやっとのことで笑いを抑えると、おにぎりと漬物が入った容器をベンチの上に広げ、一郎に声をかけた。

「よろしかったら、こちらで一緒にあがりませんか？」

「いいんですか？」

「笑わせていただいたお礼ですから」

典子はベンチに座った一郎の脇に紙コップを置き、麦茶を入れた水筒を傾けた。

田舎から持ってきた梅干しを入れて海苔で包んだおにぎりが三個あった。一郎は一個食べ終えたところで逡巡していたが、勧められるままにもう一個も食べた。

「美味しい梅干しでした。それに、紫蘇の葉がこんなに美味しいものだとは知りませんでした。せっかくのお昼を台無しにしてしまいましたが、弁当が落ちてくれなかったら、こんなに美味しいおにぎりは食べられませんでした」

「田舎の母がつくった梅干しなの。こんど会ったとき、褒められたと言っておきますわ」

「僕は両親が東京だから田舎がないのですが、どちらですか?」

「福島の、安達太良山《あだたらやま》の麓にある小さな村」

小造りの顔の黒目がちな大きな目でときどき典子を眩しそうに見つめ、一郎は昼休みいっぱい話していた。

午後の一時を回ったころ、名刺を出して連絡先を知りたいと言う一郎に、典子は店の電話番号と源氏名を告げて紫陽花小道をあとにした。構えて話す日々のなかで、思うに任せて話せたひとときが爽やかだった。

典子の店に一郎が来たのはそれから二日後のことだった。

こういう店によく出入りしているのかどうかは分からなかったが、一郎は口開けに指名を入れていた。池のほとりでドジを踏んだ男は長身をグレーの背広で包んでいた。淡いブルーのシャツに同系色のネクタイが映えていた。

典子について三階の個室に入ると、一郎は手にした紙袋から包みを取り出し、美味しかったおにぎりのお礼だと言って典子に差し出した。缶入りの海苔であった。

典子はバスタブに湯を張って仕事をするつもりだったが、「話もお仕事のうちですから」と、一郎は上着を脱いだだけで四十分ほど話していった。

典子は一郎の話に相槌を打ちながら、かつて会津に住んでいたころに出会った男のことを思い出していた。夫に裏切られ、心潰れるような日々のなかで一夜を共にしただけだったが、夜いっぱい慈しんでくれ、会津を離れる勇気をくれた男だった。

その男のことは折に触れて思い出され、忘れることはなかった。一郎には、どことなくその男と重なるところがあった。何憚ることなく見つめてくる真っすぐな目に、典子はわれ知らず身構えを解いていた。

一郎は帰る間際に、いちど外で会えないかと言った。次の休みは娘に会いに行く日になっていた。だが、その次の休みは土曜日で、一郎も都合が良かった。浅草の雷門で待ち合わせることにして一郎は帰っていった。

遊覧船で墨田川を下り、浜離宮内の料理屋で食事をした初回のデートを皮切りに、典子は一郎と数回会っていた。大それた望みなどは微塵もなく、ただ、いまが楽しく過ごせればそれでよかった。そして、三カ月ほど経った初秋の一日、横浜に誘われ、抱かれた。だが、一度抱くと纏わりつかれるとでも勘違いしたのか、彼はそれっきり離れていったのだった。

風が止んでいた。窓の外には微かな雨音だけの動きのない風景が広がっている。糸を垂らしたような細い雨が降り続いていた。

台所で鍋が鳴りだした。豚肉とたっぷりの野菜を入れた煮込みのうどんが出来上がっていた。典子は炬燵の上に鍋敷を置いてガスコンロからアルミの鍋を移し、小鉢に掬って冷ましながら口に運んだ。

（あのひと、どうしているだろう……）

冬の会津で吹雪の夜に出会った男のことが頭を過った。

そして、娘の陽子を連れて会津から逃れて来た日のことが思い出された。地吹雪が舞う日のことであった。

当時、車の販売会社に勤める夫が女をつくって家に寄りつかなくなり、典子は食堂で働きながら娘と暮らしていた。そこへ、女とスキーに出かけた夫が脚を骨折して追い出され、舞い戻ってきた。

　夫の入院費を稼ぐために入った夜の店で、典子は初めて出会った男と心が触れた。男は大手電気会社の営業で、営業所のある郡山から仕事に出てきていたのだが、吹雪で帰れなくなっていた。

「今年は閏年だぁ、んだがら、クズの時間かき集めた二月の晦日にできた男と女の関係は、カスのつながりって言うだべ」

　同僚の女たちがこんな冗談を言って騒いでいるとき、その男が店に入ってきて、典子が接待についた。

「訛りが違うから、会津のひとではないようだね」

「郡山なの。郡山の北の外れの、安達太良山の麓で育ったの」

「ああ、あだたらなら、何度か乗っかりに行ったことがあるよ。滑らかな山肌で、眺めの良いところじゃないですか。だからあなたは、にょっこりもっこりのところが好きなんだね」

「にょっこりもっこり？　何よ、それ……」

「だからぁ、安達太良山だろ、磐梯山だろ、どっちの山にも素晴らしい景観の谷間があり、その谷間にはほどよく草木が茂って、涸れることなく泉が溢れている……」

「ヤダー、すっごく文学的な言い方だけど、すっごくスケベな感じがする！　どこでもそんなこと言って口説いているんでしょ」

股間を広げてモッコリしたところを指さし、おどけて話すこの男を、典子は嫌だとは思わなかった。心潰れるような日々のなかで、何もかも忘れさせてくれそうな男だった。

「店が跳ねたら、どこか、飲み直しにでも行きましょうか？」

ラストの時刻が迫ったころ、そっと腿に手を置いた彼が誘ってきた。

「どっかに連れていってくれるの？　こんなあたしでよかったら、いいわ」

誘われるまま飲みに行き、成り行きで一夜を共にしたが、男はその夜いっぱい、典子をひとりの女として慈しんでくれた。

翌朝、彼は降りしきる雪に紛れるように会津を発っていった。

二人は路面のみの除雪でだいぶ高くなった歩道を、滑り落ちないようにゆっくり歩いてホテルから若松駅に向かった。

初めて会った男と一夜を共にしたことが夢のようであった。乳房や臀部にはまだ男の手の感触が残っていて、めくるめく思いの一夜になっていた。

もう会えないだろうと考えると、夢のように過ぎた一夜が恨めしかった。だが一方では、夫の怪我が治れば、私は娘と自分のことを考えることができる、という思いが強まった。初めて会った男に抱かれたことで、まだどこかにあった惑いが払拭されていた。

男はホテルの部屋を出る直前に、「何か買ってあげられればよかったんだけど」と言って剥き出しの紙幣をよこしたが、典子は黙って受け取った。見つめる彼の目に慈しみこそあれ、快楽を買ったというような表情は見当たらなかった。

典子は前を歩く男の背に、何かを大切にして長年培ってきたものの重みのようなものを感じていた。それは、夫には見つからないものだった。単に二人の人間の違いと言ってしまえばそれまでだったが、現実に知ってしまった違いだった。

小雪が降りしきる早朝で吐く息が白くけむり、ときどき横殴りに吹く風に、路面を地吹雪が流れていた。

十分ほど歩いて会津若松駅前の喫茶店に入った。熱いコーヒーを飲みながら、セットのトーストとサラダを食べる。会話があまり弾まなかったのは、別れる時が見えていたからだった。三十分があっという間に過ぎてしまった。

会津若松駅構内のタクシー・プールのところまで一緒に行って立ち止まった。

「それじゃ……」と言って笑みを浮かべた男の目を見上げ、「また会える？」と典子は訊きそうになったが、その言葉を呑んで見送った。

駅の構内に向かった男の姿が、やがて降りしきる雪に紛れていった。典子は行き場を探している自分に気づき、足元を見つめた。できることなら、彼を呼び止めて胸に縋りたい気持ちだった。

忘れていた寒さがいちどに襲ってきた。典子はマフラーを巻き直して歩きだした。

典子はタクシーに乗って団地の住まいに向かった。

夜の仕事を始めて朝帰りは初めてだった。夫に対する言い訳は考えなかったが、娘の陽子に対してはやはり後ろめたさがあった。もう、目を覚ましている時間だった。団地の入り口でタクシーを降り、住まいまで急ぎ足で歩いた。

静かにドアを開けると、冷えきった部屋で娘の陽子がひとり泣いていた。夫の則夫の姿が見当たらない。陽子は目を覚ましてみたら父親も母親も姿が見えず泣き出してしまったんだろうと思うと、言いようのない情けなさを覚えた。

典子の顔を見るなり抱きついてきて体を震わす陽子を抱きしめながら、典子はストーブに火を入れた。

(またあの女のところに行ったのか……)

自分のことを棚に上げるつもりはなかったが、まだ三歳の子をひとり置いて女のところに出かけていった則夫が憎かった。

居間のテーブルにバッグを置いてコートを脱ごうとしたとき、メモ用紙が目に入った。二つ折りにした便箋に、「済みません」とだけ書いてあった。

あの、なんの反省も後ろめたさも持たない顔でこのメモを書き、女に逢いに行ったのかと思うと、夫の怪我が治るまでは、とこれまで意地で過ごしてきたことがばかばかしくなった。

ハッと思って、通帳に挿んでおいた金があるかどうか心配になりタンスの引き出しを開けて見たら、通帳もろとも見事に消えていた。鏡台の引き出しに入れておいたわずかばかりのアクセサリーも、見事に消えていた。

考えてみれば、松葉杖をつけば歩ける体だった。治療中だからと思ったのが浅はかだった。情けなくていちどに力が抜け、典子はその場にへたへたっと座り込んだ。

(どうしたらいいの……)

閏年の二月の月末は避けたい、と縁起を担いだキャバレーの店長が一月分の稼ぎを一昨日、支給してくれていた。食堂のパートの給料も昨日、受け取っていた。その金をあわせて通帳に挟んでおき、今日にでも諸々の支払いや預金に向けようと思っていた矢先だった。

(ホテルであのひとから貰ったお金しかない……)

窓に間断なく粉雪が降りかかっていた。悔しさに涙が溢れ、降りかかる雪が歪んで流れ落ちていった。今朝一夜を共にした男から貰った金で、実家に行くには行けた。いまここから離れなければ、一生離れられなくなるように思えてきた。

「陽子、お母さん一生懸命にやったから、もういいよね？　お母さん、お父さんとはもう一緒にいたくないッ。お祖母ちゃんとお祖父ちゃんのところに行こう……」

「ノリオはどこに行ったの?」

「ノリオはね、お家のお金を全部持って、お母さんと陽子より好きな女の人のとこに行っちゃったの……」

「陽子ちゃんより好きな女のひとのとこに? 困ったこった、困ったこった、困ったこったでやーんす!」

「ほんとに、困ったこった……。困ったこったでやーんす。陽子、お母さんと一緒に、お祖父ちゃんちに行こう」

「うん、行こ。お祖父ちゃんちも、雪こんこ降ってるかな?」

「うん。きっと、うんと降ってるよ……」

典子は陽子を抱きしめるとポケットからハンカチを取り出し、アイラインが流れ出しそうな目もとを拭った。

持てるだけの衣類を手提げとショルダーバッグに詰め、陽子にも大切にしている物をリュックに入れて背負わせた。そして、夫の実家に電話を入れ、結婚してから直近までの生活の実態をつぶさに話し、身を寄せさせてくれるように頼んで電話を切った。

団地の入り口前から会津若松駅行きのバスに乗った。もう会津には戻るまいと思い、住み慣れた住まいを車窓から見送った。会津で過ごした年月に思いを馳せてみたが、見えてきたものは心を蝕む日々が積もった年月だけだった。

降りしきる雪に霞んだ磐梯の峰々が見えた。実家から見える安達太良の山も、いまは雪のなかでじっと身を縮めて春の陽を待っていることだろう。

典子が実家から単身上京したのは、それから十日ほどしてからであった。

低く垂れ下がった灰色の空に、銭湯の煙突から立ち昇る煙が紛れ込んでいた。時計を見ると、もう午後の二時に近かった。

典子は手早く食事の後片づけを済ませ、風呂に行く準備をして部屋を出た。風呂から上がったら、合羽橋に買い物の用事があった。

典子の母は花卉《かき》栽培と椎茸の栽培もしており、市場に卸すときに包む業務用の密封容器とフィルムが必要だった。まだ時期には早かったが、次の休みに娘に会いに行くときに持っていってやるつもりだった。

細い雨が静かに降っていた。

四

娘に会いに行く日の朝は目覚し時計が要らなかった。

典子は四時半ちょうどに起き出すと、タバコを喫いながらコーヒーを飲み、顔を洗って薄めに化粧をした。ジーパンにセーターを被ってうらぶれた感じの布製のジャンパーを着け、素通しでまん丸な黒縁の目鏡をかけた。

煎餅と駄菓子が入ったバッグと、前の休みに合羽橋で求めた椎茸包装用のフィルムなどを入れた大きな紙袋を持ってJR上野駅に向かう。六時発の新幹線列車に乗った。

列車が地上に出た日暮里辺りで、用意してきたお茶とおむすびの包みを開いた。大食いの典子がつくるおむすびは握りが大きかった。典子は隣を気にしながら窓に斜めに向かって食べた。どこから見ても艶を売る女には見えなかった。

列車が郡山に着くと、典子はホームのエスカレーターを下りて突き当たりの待合室に入った。盤越西線の乗り継ぎ列車には三十分ほど待ち時間がある。ここなら暖かで静かだし、知った顔に会う機会も少なかった。

盤越西線で三つ目の磐梯熱海《ばんだいあたみ》で下車し、駅の向かいにあるスーパーの前からバスに乗った。

バスは山間の村々を縫うようにして二十分ほど走り雑木平に着いた。入植者が起こした小さな村で、二十戸ほどの農家が点在している。典子はバス停から農道に入り、村の東側にある実家に歩いていった。玄関を開けると、山菜を煮る匂いがした。

「ただいま、おっせわになってますー」

典子は居間に荷物を置くと、台所に立つ母の里子に声をかけた。

「元気で帰ってこらっちぇ、良がったない。こっちも、父ちゃんは相変わらずだし、陽子も丈夫にしったたし、何の心配もねえわい。陽子は、このごろ父ちゃんと二人で夜遅ぐまで勉強するようになってない、学校の先生の話では、陽子は勉強がうんとでぎるみでだぞい」

「心配ばっかしかけちまって、すまねない……」

「ほだごどねえ。ひとなんて生ぎでみなっか分がんねえー。父ちゃんとも話したったんだげんちも、典子もだんだん明るぐなってきたってない……」

隣の村で生まれ、この村に嫁いだ里子であった。野山を愛し父を信じて暮らす里子を見て典子は育った。ひとり娘の典子の不幸が何よりも無念のはずであったが、一言も愚痴を言わず、孫の陽子を愛してやまない里子であった。

「ああ、そうだ。まだちっと早えげんちも、椎茸の容器が見つかったがら、持ってきたんだー」

典子は駄菓子を炬燵の上に積んだのち、包みの紐掛けを解いた。

「いやいや、ちょうどいいもの持ってきてくっちゃない。椎茸の時節が楽しみだわ」

里子はフィルムの巻棒を手に取ると摩ってみて言った。

台所で鍋の蓋が鳴り出した。

「薇《ぜんまい》？」

「薇と蕗《ふき》と椎茸。明日、持っていがれるようにど思って、煮はじまったんだわい」

典子が蓋を開けてみると、水で戻したポテッとした薇と蕗が肉厚の干し椎茸と一緒に煮込まれていた。里子はいつも、月に一度娘に会いに帰る典子のために山菜やきのこを用意し、時節によっては煮付けて持たせていた。

典子はバッグの中から封筒に入れた養育費を取り出して母の里子に渡し、娘の衣類の整理に取りかかった。次回に帰る予定は四月の上旬で、暖かになればいつでも着られるように春物を用意してやらねばならなかった。山間の春は雪が解けるといちどにやってくる。

手打ちのうどんにけんちん汁をかけ、掘炬燵で母の里子と一緒に昼食を摂った。石油ストーブが燃える部屋は暖かで、体の内から温まった。サッシのガラス戸越しに、解けかかった雪がまだらな山肌が見える。芽吹きが近い雑木の小枝が風に揺れていた。

典子は食事を終えると後片づけを済ませ、里子の手伝いに戸外のビニールハウスに入った。

里子は花卉組合の委託で花や観葉植物を栽培しており、三十メートルほどの蒲鉾型のハウスを三棟営んでいた。一日の内に寒暖の差がある土地柄で、花弁に濃淡をつくる花に適していた。

里子が頃合いを見て鋏をいれたグラジオラスや芍薬《しゃくやく》、南天を受け取り、切り口を一本ごと保水綿で包み、組合支給の段ボール箱に並べて入れる。午後の三時には組合から集荷車が来るということで、それまでに注文のあった二十箱を準備するのだった。

箱詰めを終え、栽培元記名の欄に母の名のシールを張っているところに、学校から帰った娘の陽子が走って入ってきた。間もなく小学二年生だった。

母屋の居間に戻ると、典子は娘から学校での様子などを訊きながら、浅草のデパートのバーゲンで買ってきたセーターとズックを着けさせ、様子を見た。

陽子は目に見えて成長する時期で、衣服がすぐに小さくなった。典子に似た大きな目が、新しいセーターに輝いていた。冬、山間の雪道を三キロ離れた学校に歩いて通学した陽子は、心身ともに逞しくなっているようだった。

一日が速かった。日が暮れた六時ごろ、磐梯熱海の病院に勤める父の浩一が帰宅した。元気に振る舞う典子を見て、浩一は安堵の表情を見せていた。

父の浩一が磐梯熱海の病院に勤めだしたのは十八年前のことで、家業の酪農に翳りが見えていた時期だった。外国の安価な牛肉に押され、国の助成金も年々削減されていくばかりだった。酪農家の纏まりのなかで和牛のような産地特性を出していくか、かなり大規模な酪農家でなければ経営が成り立たなくなっていた。

さいわい浩一は、隣村に住む知り合いの口利きで、いまの勤め先に就職ができたのだった。院内の廃棄物を集めて分類し焼却するのが仕事だったが、毎月定額の収入を得られるようになって生活が安定した。

その父もあと三年で六十歳の定年を迎えるが、典子はまだ今後どうするかを探しあぐねていた。

雑談をしながらみんなで夕飯をとり、典子は陽子と一緒に風呂に入った。娘は母に似て早熟らしく、胸や腰などに女の片鱗が見えていた。風呂から上がって陽子の勉強に付き合い、十時には寝床に入る。すでに睡魔が襲ってきていた。

翌朝七時、勤めに出る浩一の車を玄関の前で見送り、陽子を起こして母と三人で朝食を囲んだ。

「あたし、うんと勉強がんばるから……」

「はい。陽子は風邪を引かないように気をつけましょうね。おばあちゃんと、学校の先生の言うことをよく聞くのよ」

以前は、月に一度訪ねてくる母が帰っていく朝には涙を見せていた陽子だったが、このごろは子供ながらも気遣いをみせるようになっていた。里子の前では思い出したように父親のことを訊くこともあるらしかったが、典子の前では決して口にしなかった。

母の里子の教えに感謝して止まなかったが、典子はむしろ、陽子に泣かれるほうが気が楽だった。

七時半に友だちが迎えにきて、陽子は学校に出かけていった。背にした赤いランドセルが小さくなり、やがて見えなくなった。その姿を見送りながら、典子は将来の道を模索していた。

母がビニールハウスを見回っている間、典子は洗濯を済ませて居間の前の物干しに掛けた。北を仰ぐと安達太良山が青い稜線を描き、上空を白い雲が西に向かって流れていた。春が間近であった。

母がつくった山菜の煮つけをバッグに詰め、典子は十一時のバスに乗った。

「無理して体なぐさねようにしさんしょない」

「母ちゃんもない。来月まだ来っから、陽子をお願いしますー」

バス停まで見送りにきた母に手を振った。

バスは来たときと同じ道を辿って山間の村々を縫うように走っていく。かつて典子が郡山の女子校に通学した道であった。窓から見る光景は今も昔も変わらなかった。

（あのころには希望があった……）

典子は変わり果てた女の姿を見つめていた。

バスが磐梯熱海駅に着いた。

電車で郡山に向かい、新幹線に乗り継いで午後三時近くに元浅草のアパートに着いた。

ほっと肩で息をして窓を開け、出勤前の化粧にとりかかる。

着替えをして部屋を出ると、上野の山辺りの上空から陽が斜めに差していた。


豊満なバストがいまにも零《こぼ》れ落ちそうなバニーガールが盛んにウインクを撒き散らす派手なネオンが近づいてくると、典子は娘や母に会ってきた余韻を払拭して店のドアを開けた。

マネージャーに挨拶して控室に入り、着替えをする前に端末機の画面を開いた。公休日の翌日はなんとなく指名の状況が気がかりだった。

典子は本日指名状況表を確認した。ラスト前の二本を除いて埋まっている。ホッと息をついてもう一度画面を見ると、目の前で更新され、空いていたラスト前の二本に指名がついた。指をパチンと鳴らし、画面を閉じて奥のロッカールームに入った。

ハイレグひとつになって網タイツを履いていると、

「おはようございます、セーンパイ」

と言って、若い百合香が入ってきた。

「あたし、折入って千草お姉さんに聞いていただきたいことがあるんですけどぉ」

色白で豊かな乳房を揺らして制服に着替えながら、百合香が典子の顔を覗いた。典子の好きなタイプの女ではなかったが、なにかと頼りにしてくるのだった。

「どうかしちゃった？　また、お客さんとモメちゃったんじゃないでしょうね」

「そんなことはなかったんだけど、いろいろあって、あたし、耐えられないんだわー。ねえ、千草お姉さん、お願いだから相談に乗って！」

まるで駄々っ子だった。

典子は仕方なく、月半ばの公休日の昼に時間をとった。百合香は人間は悪くないのだが、どこか捩じれているらしく、ときどき客と揉めごとを起こしていた。好青年風に見えるがやくざな男と同棲しており、芳しくない噂のある女だった。

典子は会計で一昨日のタオル代と石鹸代を支払うと、棚からタオルセットを取って待合室の前に立った。

「お待たせ致しました。千草さんご指名のお客さま！」

マネージャーがとっておきの声を出す。

客の顔を見て、内心「エッ!?」と思う。典子が思っていた客ではなかった。井上という名の客である。典子には同じ名字の客が三人いて、そのうちの一人には違いなかったが、月に二度か三度来る四十絡みの不気味な客であった。

典子は、泡銭の局の定春から授けられた、「口開けていやな客でもつかんでみれば、あっという間のお上がりの鎮玉」という「摑みの心得歌」を頭でなぞりながら丁寧にお辞儀をした。そして、五千円の笑顔をつくると井上という客と腕をくみ、階段を上がって三階の個室に入った。

典子がロッカーを開けてハンガーを手にすると、井上は上目遣いに見つめてきた。

(また始まるの……。勘弁してほしいわ。いくら五千円と思えっていったって、まったく、あたしをなんだと思ってるのよ……。あーあ、暇でもくたびれる時間の、はじまり、はじまりー)

「すみませんが、私としましては、自分でやらせていただきたいのですがっ」

「ああどうぞ、なさってください……」

また始まった、と典子はハンガーを井上に渡しておいて、湯船の準備にまわる。

井上は上着を脱ぐとハンガーに掛け、脱いだ下着をベッドの上で丁寧に畳んで籠に入れた。

「お風呂ができましたから、どうぞ、お入りになってください」

やることもなく佇んでいた典子が、井上の区切りがつくのを見計らって声をかける。風呂場に下りた井上はひとりで体を流しはじめた。

「お湯加減はいかがでしょうか？」

「はい、ちょうどいい加減です」

ベッドに腰を下ろしてタバコを喫いながら、頃合いを見ていた典子が声をかけた。

首まで湯に浸かっていた井上が白い肌を上気させて湯船から上がり、ブツブツ言いながら体をくねらせ、洗いはじめた。

初めからこうであった。客としてついて以来、典子はこの客の前では、あまりすることがなかった。客のなかには、首を傾げたくなるような性癖をもつ者も少なくなかったが、そのなかでもこの客の性癖は独特だった。

股間の器官の快感を引き出すための自己演出をしているらしく、いつも寸分違《たが》わぬプロセスを踏むのである。

やがてバスタオルで体を拭いた井上が典子の脇に座った。

「お飲み物、何になさいますか？」

「私としましては、冷たいお茶がっ」

「はい、分かりました……」

典子は男を横目で見ながら廊下に出ると、妙な疲れを覚えて首をグリグリ回した。両側のどの部屋でも、同僚たちは皆添い寝の姿勢で手を動かしていた。扱き切るのに時間が掛かり腕が痺れるような客もいただけないが、得体の知れない疲れを呼ぶ客の対応には困惑するばかりだった。

あとしばらく、視線に晒されるサービスを強いられねばならなかった。

階段の踊り場に行き、自動販売機の前で変に迷ったあげく、違うメーカーの冷たい缶入り緑茶を二缶買って部屋に戻った。

「あのっ、そろそろ、お願いをいたしたいのですがっ」

お茶の缶を逆さまにして飲み終えると、井上がまた上目遣いに言う。湯に浸かってあかく染まっていた肌がもとに戻っていた。

「はいはい……」

典子は、飲みかけのお茶の缶をテーブルの上に置くと、法被の留め紐を解き網タイツを脱いだ。手漕ぎ台に上がり、すこし離れて座る。

向かい合って座る井上が両膝を立て、指で眼鏡を押し上げた。典子も膝を立てて少しだけ脚を開く。法被の衿間と、薄物一枚の股間に粘り着くような視線が注がれてきた

(まったく、何が楽しみでこんなところに来ているのよ。こんなことをするんだったら、スケベな写真でも眺めながらしたほうがいいでしょうに……)

「ああ、千草さん、私はすごく昂ってきましたっ」

突如、井上は絞り出すような声を上げる、片手を股間に運んで強張ってきたものを自分で扱きはじめた。

荒らぐ息に黒縁の眼鏡が曇ってきた。

(アーアア、まるだしの台無し男……)

「ご立派だわっ」

頃合いを見て両手で差し出したタオルのなかで、強張ったものが弾けた。

「クウーッ……」

と絞り出すような声を出し、しばらく白い目を剥いていた井上が、やがて典子の手を握った。

「千草さん、貴女はやっぱり素晴らしいっ」

「いえ、どういたしましてっ」

典子は肩で大きく息を吐くとハンカチを取り出し、額の汗を拭った。

時間がいっぱいになって、やっと井上を送り出した。

典子は控室に戻ると端末機の画面を開いて、もういちど本日指名状況表に目をやった。選り好みできる立場ではなかったが、個々の客に対する心構えが必要だった。単純な思い違いが、一日の仕事のリズムを崩すことにもなりかねない。

さいわいに、あとは穏やかな顔ぶれだった。典子は胸を撫で下ろし、次の客の準備にとりかかった。二月が過ぎ、少しずつ客足が戻っていた。

口開けは戸惑ったが、客種に恵まれた一日だった。

折り返しに指名を入れた会社の部長は、福岡の出張帰りだと言ってメンタイコを差し入れてくれたし、ラスト前に顔を見せた田原町の商店主は、仙台の旅行の土産に蒲鉾をもってきてくれた。

ラストの客を帰してから部屋の掃除を済ませ、同僚たちと声を交わして帰路についた。

客の差し入れの袋を抱えて足早に歩く典子の黒いエナメルのロングブーツが、合羽橋通りを行き交う車のヘッドライトに照らされて光っている。街の人出の様子に春の訪れが窺えた。

合羽橋通りから松が谷に抜け、元浅草に向かう。浅草通りの信号を渡って住まいが近づいてきたとき、今朝学校に行く娘を見送ったときの光景が浮かんできた。

住まいの暗い部屋に入り、手探りで明かりを灯した。

五

口に含んで舌を巻きつけると、それは一気に逞しくなって反り返った。口を離し、艶やかに光るものを指で扱きながらじっと見つめる。奥で迸るときの感触が蘇っていた。身悶えするほど鮮明で、体がいちどに熱くなった。

(ああ……。これであたしの憬れのポーズでしてもらえたら、どんなにステキか分からないわ。でも、「男に満足させてあげるのがあたしの仕事なのよ」っていうプライドがどこかにあって、私の口からは言えないし。逢うたびに思うんだけど、このひとったら、自分が上になってするか、あたしが跨がってするのがセックスだと思っているんでしょうね。いつになっても、ちっとも発展がない……。どうしたらあたしの憬れのポーズが分かってもらえるか考えて、こないだ逢った帰りに絵本を渡して仕掛けてみたんだけどな。いくらズレた変な人でも、あの絵本を見たら、分かってくれたと思うんだけど……。ああ、思っただけでもゾクゾクしてくるわ)

典子は堪りかねてからだを捩ると、溝井の顔を恨みがましく覗いた。

「ねえ、このあいだあげたお勉強の資料だけどー、よーく見て研究してくれたんでしょ? あたし、昨日の夜なんか、あなたが熱心に研究している姿を想像しちゃって、ろくに眠れやしなかったんだから……」

「それはもう、訊かれるまでもありません。典子さんがくれた写真集だから、熱心に研究してきましたよ……。いやー、あの濃艶で鮮烈な英泉の春画は、強烈な未知へのファンタジーをそそるものでした……。あの壮絶で、妖艶な研ぎ澄まされた男女の表情は、心が波立つほどの衝撃でした。どれも未知の世界でしたが、どのポーズ一つとっても間然するところがなく、僕は、これまでの典子さんとのめくるめく思いに立って熱心に類推することができました。研究して気がついてみると、どの絵の世界も、典子さんと僕の世界になっていました……」

「相変わらずむずかしい言い回しであまりよく分からないけど、つまり、あの本を見て、あたしと猛烈に、ああしたい、こうしたいって思いを巡らしたということかしら?」

「まさに、そのとおりです」

「それなら教えて、どんなかたちがいちばん強烈に、あたしとあなたの世界になったのかしら?」

「まさにそのことですが、あの背後から迫る鮮烈な……」

「アーン、もうちょっと噛み砕いてというか、率直にというか、もっと言わせてもらえるんだったら、決して浅い間柄じゃないんだから、もっとぶっちゃけて言ってほしいということなのよ！　あー、もう……。まどろっこしいったらありゃしない！　あたしまで変な言い回しがうつってしまったじゃないの」

「ああ、申し訳ありません。またグズを言ってしまいました」

「なにも謝らなくたっていいけどー。分かりやすく言ってほしいのよ……」

「はい。僕は、あの馬乗りになった、あの絵の中の世界にすっかり魅せられてしまったんですよ。あの馬乗りの姿勢を想像しただけで、いまにも卒倒しそうになってくるんですよ」

（ああ限りなく気を削がれる表現……。逢うたびに思うことなんだけど、いまどき、こんなにズレた変な男がいるとは信じられない。でも、ズレてすんなり噛み合わないところが苛ついて仕方ないんだけど、噛み合わないからこそ、あたしが繋がっているのかもしれない……。それにしても、人が羨むような頭を持った男なんだから、馬乗りだなんて気を削ぐような言い方はしないで、バックと言えないまでも、せめて後背位とかくらいは、スラッと言ってほしいのよ……。だけど、あたしが一番欲しいと思っていた馬乗り、いえ、バック・ポーズを選んだなんて感激ものだわ。ズレてても、やっぱりどこかで繋がっているんだわ。ほら、もうこんなに溢れてる……。何だか、息苦しいほどゾクゾクしちゃうわ）

　小石川後楽園の土塀に沿った小道を、淡い街路灯の光が照らしている。溝井とはこのホテルで何度か逢ったが、彼は決まって同じ部屋をとっていた。窓の外に広がる街並みは、いつからか典子にとって見慣れた風景になっていた。

女の右手が男の肩を摑み、左手は後ろに反った上体を支えている。男の大腿を跨いで片膝を立てる白い脚の表情がなんとも艶かしく、右手で乳房を揉み上げる男は、腰を小刻みに掬い上げながら、じっと結合部分を見下ろしている。

典子は早く憬れの体位に移りたかったが、彼がどうしても、一度はじっくり見たいと言ってきかなかった。「僕を虜にして止まない典子さんのところを、脳裏に焼き付けておきたい」と真剣な顔で懇願され、典子としては応えるしかなかったのだ。

円柱形の乳首を迫り出し張ってお椀のような形になった乳房と、唇が捲れて半開きになった口が、女の体の昂りを見せていた。

（ああ、奥が抉《えぐ》られるような感じ……。これでは、もういちど抱いてもらうしかないわ。憬れのポーズのお味は楽しみにとっておいて、せっかく出してくれた御馳走を食べ残す手はないんだから。ああすごい！　ねえ、もういいでしょう？　眺めるだけ眺めたんだから、もう頭に焼きついたでしょう？　早く押し倒して、烈しくフィニィッシュにもっていって！）

荒い息を吐いて不意に抱きついてきた典子を、さすがに溝井は押し倒した。

白い脚を溝井の腰に交差させ、腕を首にまわして背を反らせている。量感のある豊かな乳房は、お椀のように張り出したまま形を崩さなかった。

いまにも弾けそうな脈動を打っている。包む柔らかな襞が小刻みに波打ったかと思うと、硬直して噛み上げてきた。

男が白桃のような丸い腰を強く引き寄せて迸ったとき、首に腕を絡めて叫んだ女の白い体があかく染まっていった。


シャワーを使ったのちに二人でゆっくりコーヒーを飲み、やがてどちらからともなくベッドに上がっていた。

いつもこうであった。典子にとって溝井という男は、逢って温かな気持ちになれる相手であり、自分のなかに素直に女を感じることができる相手であった。

大学の研究室をねぐらにしているような男で、時間に恵まれないこともあったが、近隣の名所などを訪ねることもなく逢瀬を重ねていた。だが、こうした逢瀬のかたちが、典子はあまり気にならなかった。

ひょんなことで出会い、求められて、大学の教師という垣間見ることもなかった世界にいる男と交際を始めていたが、やはり典子はむずかしい話題は苦手だった。

かえって気になるほど配慮ができ、そこから来る温かさをくれる男であった。ただ、無意識にだろうが、ときどき長々とむずかしい話をすることがあった。分かった素振りで相槌をうちながら典子は、住む世界の違いをまざまざと見せつけられ、惨めさが先に立つのだった。

しかし、交際間もなく体の関係ができてみると、初めこそ彼との間にあった距離感は、いつしかなくなっていた。

生きる糧を得るためとはいえ、ピーンと気を張り詰めて男の股ぐらに立ち向かうという、男の性の満足を引き出す仕事に日々を過ごす典子のなかでは、男女間にあるべき愛のかたちというものが、いつからか無意識のうちに性に直截なものになっていた。

それだからこそ、典子は溝井と肌を合わせているときは対等な気持ちになれた。大学の教師で三十半ばの男が、信じられないほど女体に疎かったことも驚嘆すべきことであった。柄にもなく典子は、溝井に対する哀れみと愛しさが交錯する不思議な気持ちに陥り、たちまち彼を直截に性の世界に導いていた。溝井と肌を合わせているとき、典子は自分が女であることを実感でき、大学教師である溝井の風上にも立つことができるのだった。

膝をついた典子は開いた太股の間を溝井の顔に被せ、顔を彼の股間に埋めた。

包皮をめくって亀頭を舌先で擦ると、倒れた棒が起き上がるように、それは見る間に反り上がった。見つめているだけで息が荒ぐほどにそそり立っている。舐め上げては啜る彼の口の動きと相まって、体の奥が熱く燻りだしていた。

典子は堪らずに体を捩ると、貪るように唇を這わせていった。舌を絡ませて口に含むと、力強い脈動が伝わってきた。

「ねえ、あたしもうダメ……」

典子は、彼の顔に被せていた下腹を離すと、腰をくねらせながら絶え絶えに言った。

おもむろに上体を起こした溝井が、彼女の腰を持ち上げて膝で立った。呼応するかのように、肘を崩した典子が腰を浮かせて突き出す。

「すばらしい、この気品豊かで芳醇な香りがするお貌は、ほんとうにすばらしい……」

荒い息が臀部に吹きかかっている。

「アーン、何なさってるの？」

「すばらしいですよ！　典子さんのお貌を隈なく見るのは初めてだけど、じつに妖艶ななかにも気品溢れる造形をしている。そして、この艶やかな花びらのような窪みがいのちの受け入れ口だと思うと感無量になってくる」

「バカー、女がこんな恰好で待っているというのに、何をぶつぶつ言って感心してるのよ。ンーン、もう知らないんだから……」

「典子さん、僕は、これでも焦らしているんですよ。女は、ある程度焦らされたほうが、より感覚が高じると書いてありました。あなたに喜んでもらおうと、これでも懸命に勉強しているんですよ。それにしても、この噴きあがってくる沈丁花のような香りはすばらしい。この焦がれて白濁した愛液は、僕を待って溢れているのですね……。典子さん、僕も痛いくらいにガチガチですっ。それでは粗相のないように、心を込めて参ります！」

反り返ったものを窪みに突き立てた彼が貫いたのか、典子がくねらす腰を押しつけて呑み込んだのか、判然とはしないが強い衝撃があった。いちど呑み込むと、巻きついた触手のような襞がうねりだしていた。

（こんな思いは初めてだわ。夢にまで見ていたけど、やっぱりこんなすごいのは初めてだわ。まるで、奥のお部屋を壊しに来るような感じ……。店の同僚の女たちは、「男は硬さで、あとは味わい」なんて言ってるけど、ものの違いを知らないからだと思うわ。ああ、すごい！　お部屋を突き抜けそう……。なんだか頭が痺れて、からだが冷たくなっていくような感じ。あ、あなた、体が舞い上がっていくわ……）

丸い艶やかな臀部の皮膚が小波を打つようにひきつりだしていた。

両手で敷物を握って横顔を見せる典子が掠れた声で呻いている。目が虚ろで悦楽の極みの兆しが窺えた。

「ああ慎一郎、あたし、あのときになりそう……」

「典子さん！」

腰の括れを握って力いっぱい引き寄せた溝井が、体を振り絞って迸っていた。典子の臀部から背に向かって痙攣が走り、やがて崩れていった。

溝井はしばらくして下腹を離すと、淡い光のなかでぐったり横たわる典子の白い体をそっと返し、あわ粒のような汗が光る豊かな乳房の間に顔を埋めた。

静けさのなかで、二人は眠りに引き込まれていった。

六

池に浮かぶボートから若いカップルの歓声が聞こえてきた。

典子は昼食のおにぎりを入れたバスケットを下げ、若葉をつけた紫陽花を眺めながら小道を歩いていった。店の女と待ち合わせだったが、少し早めに出てきていた。

池の水面では、夥《おびただ》しい日の光が砕けて飛び散り輝いていた。

金沢で開催される学会に出席するためここ一週間近く逢えないでいる溝井のことが頭を過った。これまで日に一度は電話かメールをくれていた彼が、ここ三日ほど音信がなかった。きっと、学会で忙しいのだろうと思った。

典子は紫陽花小道をゆっくり歩いて池を半周し、弁天宮の前の信号を渡って上野の山の桜並木を潜った。にわかに訪れた暖かさに、膨らんだ蕾が周りを染めていた。

噴水広場の手前を左に折れて東照宮の参道に進み、中ほどの木戸を潜って牡丹園に入っていった。店の百合香と待ち合わせた時刻にはまだ間があった。

街の喧騒を離れてひっそりとした庭園には、幾多の種類の牡丹が咲き乱れていた。花々の多くは花弁を散らしはじめ、見ごろは過ぎていたが、花を愛でることなどとは無縁な日々を過ごしているだけに、花々の鮮やかさに心が洗われる思いだった。

俳句の会ででもあろうか、中年の女性たちが日溜まりのなかで抹茶を嗜み、色紙に筆を走らせていた。

典子は庭園を一周したのち参道を進み、両親と娘の健康を願って参拝した。次に動物園に入ってモノレール乗り場に向かう。人込みはあまり好きでなかったが、百合香がフラミンゴを見たいと言っていた。

奥が見えるようなミニスカートに胸の谷間が覗くセーターを着けた百合香が、モノレール乗り場の前のベンチであくびをしながら待っていた。手を振る百合香に、典子も手を振り返した。可愛さが半分、あとはなんとも言えない気分になってきた。

ほどなくモノレールの車両が戻ってきた。典子は百合香と一緒に座席に座り発車を待った。

「あたし、いまの彼とほんとは別れたいんだけど、いざとなるとダメなんだわ……」

フラミンゴの鳥舎の前にある池のほとりに座るなり、溜め息まじりに百合香が言った。

「化粧のせいだと言う人もいるけど、このごろ百合香、荒《すさ》んできたって皆が言ってるよ……。でもね、男と女のことは、傍で聞いたところでどうなるものではなし、本人が決めていくしかないんだよ」

「千草お姉さん、そうじゃないのよ。あたし、警察に行こうと思ってるの……」

「警察？……」

「あたし、しつこく言い寄られて、なるようになっちゃったんだけど……。いまの彼氏と出会って夢みる思いだった。ある程度優しくて、いっぱい抱いてくれて、女としてちゃんと扱ってくれて……。でも、あたしが離れられなくなっていくのを見定めるようにして、あたしのお客さんで金持ってそうなお爺ちゃんと寝ろって言いだしたの。嫌われるのが怖くて、言われたとおりにして、あたしが教えたそのお客さんを、彼が脅して稼いでいるの。今度こそ別れようと思いながら、抱かれるとまた気持ちがぐらついてきて……ほんとにバッカみたい。よりによって人のいいお客ばっかし陥れて……。いまさら悔やんだって遅いけど、こんな後ろめたさ感じるくらいなら、稼ぎをせびられたほうがまだマシだった。千草お姉さんを見ていて、あたしも強くなんなくちゃって何度も思ったけど、結局、あたしは弱虫なんだっ。このままじゃ、どっちみち捕まっちまう。逃げることも考えたけど、なんだか、ひどくくたびれちまって……」

百合香は涙も流さず、池の水面をじっと見つめながら静かな口調で話した。

目が妙に澄んでいて、顔に表情がなかった。男に入れあげているらしいという噂は聞いていたが、典子が想像していたより事態は深刻だった。

「百合香の田舎はどこだっけ？」

「神奈川の津久井」

「いいところじゃない。警察だなんて、そんなにくたびれること考えなくたって構わないんじゃないかなあ。こちとらと違って百合香は子供がいるわけじゃなし、若いんだから、やり直せると思うよ……」

「逃げて大丈夫かしら？」

「逃げるんじゃないよ、ろくでもない男と縁を切るためじゃないか！」

「でも、金蔓なくしたら、追っかけてくるかも」

「そのときは、そのときだよ。これまでしてきたことが後ろめたくて夜も眠れないから、一緒に警察に行ってスッキリしようって、そう言えばいいんだよ。それこそ、慌てて逃げ出すんじゃないかと思うよ……」

「千草お姉さん……」

顔を上げて典子を見つめる百合香の目に、心の動きが窺えた。

「昼、まだだろう？　おむすび作ってきたんだよ、一緒に食べよっ」

「うわあー、大っきいおむすびだ！　いっただきまーす」

バスケットから出して包みを広げるなり、百合香がひとつ取って頬張りはじめた。遠慮のない食いっぷりが気持ちよかったが、典子は少しばかり気になって百合香の口元を見つめた。

「百合香、あたしが握ったおむすび、大っきいかな？」

「うん、大きいよ。あたしのお母ちゃんがつくるおむすびの倍はある。でも、すっごく美味しい」

「倍も大きいのか……」

典子は半分に割って梅干しが入っているほうを手に持つと、金沢から帰ったら花見をしようと言っていた溝井とのデートのときは気をつけて小さく握ろうと思いながら、百合香を見て照れ笑いをした。

池の上空を鷗《かもめ》や小型の水鳥の群れが飛び交っている。水面を吹く風が小波を遠くに運んでいった。

典子は、表情が出てきた百合香の顔を見て、なんとかなるかもしれないと思った。

疎らな間隔で街灯が雨上がりの路面を照らしている。

合羽橋通りから松が谷に抜ける間道に入ると人影は疎らになった。仕事を終えてから浸かってきた湯の温もりはまだ体に残っていたが、典子は胸に押し込めた思いを抱えていた。スポットライトのように斜めに拡散する街灯の傘を潜るとき、哀しさが一度に溢れてきた。

今日の仕事の前半をこなし、折り返し前の休息の時間に、気になっていた生理用タンポンの取り換えに従業員トイレに走った。典子はピルを服用していたが、体に通常の感覚を戻すため、一定の間隔でピルを中断して生理を迎えるようにしていた。

空糸を垂らしてタンポンを指で差し込んでいる最中に、ハンドバッグの中で携帯が鳴った。空いた手で携帯を取ると、溝井の携帯からではなかったが、聞かされていた彼の家の電話番号だった。

（彼の帰りは明日だと聞いていたけど、帰りが一日早くなって、さっそく電話をくれたのかもしれない……）

とっさにそんなふうに思って携帯を耳にあてると、聞いたことのない女の声が飛び込んできた。女は、溝井久子と名乗った。

（溝井、久子……。まさか、慎一郎のお母さんでは？　いや、きっとそうにちがいない。ひとり息子だと言っていたから、彼の母親に間違いない。でも、どうしてあたしの携帯番号を知っているんだろう？　彼が教えたとは考えられないし、どうしたらいいのか……）

逡巡していると、女は、「明日の午前中にJR上野駅の公園口でお会いしたいから、必ず出てきてくださるように」と一方的に言って電話を切った。

溝井の母とはいえ、突然、会いたいから出てくるようにと言われてみても、典子にはその意図が分からなかった。

だが、時間が経つにつれ、会いたいという意味が推測できた。

典子は溝井に電話しようと思ったが、あいにく仕事中であった。向こうから電話があるかもしれないし、もしなければ、夜にでも落ち着いて話してみようと考え、仕事に戻った。

だが、典子の仕事が終わるころになっても、溝井から電話はなかった。明日の朝までにまだ時間はあったものの、典子のなかには言いようのない哀しさがあった。夜に羽ばたく女にはつきものの、いけない夢だとは思いながらも、いつからか、どこかで見続けたいと願ってしまう夢の哀しさであった。

典子は、浅草通りを渡って元浅草の住まいに着いた。

部屋の明かりは点けずに窓を開け、座ってタバコを取り出した。

立ち昇る煙の向こうに、お寺の森が街の灯のなかに浮いて見える。

（バカな女だよ……。知らず知らずのうちに叶わない夢を育てていたなんて、バカな女じゃなくちゃ、できないことだよ……）

溝井と逢うようになったときから、絶えずどこかで見つめていたことであった。心のどこかで見つめてきた哀しさが、いま現実となって降りかかってきていた。

典子は、溝井との交際に大それた望みなど微塵ももったことはなかった。ピーンと気を張り詰め構えて暮らす日々のなかで、ただ自分の気持ちに素直に、われを忘れて時を過ごすことができればそれで良かった。

何人かの男が体を通り過ぎ、それでも一度は男を信じて結婚し、子まで生したその相手にさえ裏切られた女であった。いまさら男を愛せる女ではなくなっていた。

行き着くところまで行っていまの店に入り、感情を殺して男の股ぐらを掴む、そうやって稼いできたが、そんななかでも、無性に女であることを感じたいときがあった。そんなとき、慎一郎と出会ったのだった。

育った環境と成してきた中身の違いで話はあまり噛み合わなかったが、慎一郎との逢瀬は典子にとって、めくるめく思いとなっていた。男に抱かれて何もなくなっていくかたちを、体は憶えていた。彼の胸に顔を埋めていると、典子は何もかも忘れることができた。

灰皿でタバコの灰が長くなっていた。

溝井に電話をしようと思っていったんは携帯を取り上げたものの、キーを押しかけて止めた。全身が物憂い感じで、いまは何も考えたくなかった。彼の母に会いに行くかどうかは、明日の朝になって考えればいい——。
立ち上がって窓を閉め、パジャマに着替えて部屋の明かりを点けた。
湯飲み茶碗にワインを注いでテレビをつけると、痩せた女が歌っていた。
不意に涙が零れた。細い掠れた声がいきなり胸に滲んできた。

　夢さめて泣いたときも
　　酔って彷徨うときも　面影に生きた
　街に沈んだときも
　　心潰れたときも　あなたが救いだった
　何処にいるの
　　こんな寒い夜　女ひとりにして
　何処にいるの
　　あたしあなたの　心に棲みたい
　暮れなずむ街　行き交うひと
　　どこか似ている横顔

人込みにまぎれた後ろ姿
　きっと聞こえるはず　心のさけび
きっと振り返ってくれる　抱きしめてくれる
　そのときめきを信じて
ビルの谷間に走る陽の影
　面影ただよう街が暮れて行く

もうあたし　泣かなくていいの
　心のさけびが聞こえたの
もう面影に生きなくていいの
　あたしはいま　あなたのそばにいる
いちど絡んだ二つの愛は　永久に消えない
　青い海が涸れる日まで
あたしあなたの　心に棲むの
　あたしあなたの　心に棲むの

典子は身じろぎもしないでテレビの画面を見つめていたが、やがて鏡台に向かって化粧を落としはじめた。

翌日の午前十時ごろ、典子はあれこれと迷ったあげく、淡いピンクのブラウスに紺のニットのスカートを着け、幅広の籐のバッグを持って住まいを出た。

上野駅前の陸橋を斜めに行き、階段を上がって公園口に向かう。

昨夜はあまり寝つかれず、朝起きてからも、唐突に会いたいと言ってきた慎一郎の母の久子に、会おうか会うまいか迷った。迷ったあげくに出てきたのは、これまでの慎一郎の人柄が信じられたからであった。

慎一郎との関係は、いわば二人が暗黙のうちに納得したかたちの関係と言えたし、典子が大それた望みを抱いたわけではなかった。夢のかけらを得ようとしたのでも、彼に夢を見させたのでもなかった。

のこのこ出かけていって、想像できる久子の苦言を聞く必要もないと思えたが、もし彼の言動が久子の気持ちを掻き立てたのであれば、掻き立てた要因となった感情の行き違いを、是正する必要があると考えたのであった。

典子は辺りを気にしながら見回して、改札口の側に佇んだ。浅草から離れているとはいえ、まだこの界隈は知った客の目がやかましかった。

五分ほど待ったところで、それとおぼしきワンピース姿の五十代後半の女性が近づいてきた。手に半分広げた扇子を持っていた。

「典子さんでいらっしゃいますか?」

「はい、典子です」

「お呼び立てして悪かったですわね。慎一郎の母でございますの……」

久子は典子を一瞥すると、笑顔をつくってそう言い、もう一度、典子の頭の先から足の先までを無遠慮に眺めた。眼鏡の奥から届く、妙に感心したような視線が典子の体に突き刺さった。

久子は典子を促すと、斜向かいの東京文化会館の喫茶室に入っていった。

典子は久子と向かい合って座り、膝の上に目を落とした。

「おきれいですのね……。息子が思いを寄せるのも分かるような気がしますわ」

久子は、顔を上げた典子を見つめると静かな口調で続けた。

「典子さん、お子さんがおありのようね?」

「はい、小学二年の女の子がおります」

「そうですか。二年生では、まだ分別のつく年頃ではありませんわね。典子さん、よーく考えてくださいよ。あなたは結婚を知ってらっしゃるけど、息子はまだ世の中をよく知りません。きれいな女の方に出会って人生を決めたようなつもりでおりますが、結婚というものがよく分かっていないのですよ」

「あたしは、大それた望みをもったことなど一度もありません。ただ、……」

「ただ？」

「良い方でしたから、心が和む方でしたから……」

「そうなんですの、心根が優しいだけで、まだ世間を知らない子供なんですのよ。あなたのように、大人の世界を知った方とは違いますの……」

不思議に心の乱れはなかった。いま久子によって示されている現実は、昨夜から見つめてきたものだった。ありふれた世間の常識を言う久子に、恨みめいた気持ちはもてなかった。

哀しさに慣れるつもりはなかったが、自分の意思はどうあれ、現実を認めて生きることには慣れていた。

「もっと別なかたちでお会いできれば良かったですわね……。お恨みにはならないでいただきたいわ」

久子は指先で眼鏡を押し上げ、ハンカチを取り出して小鼻を拭くと典子を見つめた。

黙って封筒が差し出されてきた。

「いくらなんでも、そういうことは……」

「あら、ほんの気持ちだけですのよ」

（ああ……、やっぱりこういうわけだったのか。思いたくもなかったけど、日に一度は電話をくれていた慎一郎が、金沢に行ったきり一度も電話を寄越さなかったのは、やっぱりこういうことだったのか……。でも、女の気持ちを金で始末しようと出てきたにしては、お門違いの相手のようね。もし、あたしがじたばたするような女だったら、震え上がるような思いでないと始末などできないんだよ！　どんなに堕ちた女でも、女の哀しさは分かるんだ。それを、哀しさも分からない女が、女を蔑む姿ほど醜いものはないんだよ……）

体のなかで色褪せていくものがあった。

典子は控えていたタバコを取り出すと火をつけ、久子の顔をまじまじと見つめた。

初めから慎一郎の母だという思いがあって接していたが、やはり変に穿った面を見せていた。そのつもりで出てきたにしては、相手になれない女だとは知らないらしかった。

ふと、久子の向こうに慎一郎の顔がぼんやりと見えてきた。

（なぜ、こんな回りくどいかたちでなく、直接にものを言ってくれなかったのだろうか……。お決まりのケースだと言ってしまえば、それまでのことだけど、体の隅々まで知り合った仲だというのに、あまりにも情けないじゃないか……）

典子が信じて疑わなかった彼の人柄は、典子の知らないところで醜く歪められ、変貌していた。

体のなかで色褪せたものが、瞬く間に色彩を失くしていった。

形は体裁を見せていたが、手が込んでいるだけで、たとえ母親に言い含められたにせよ、女に執着を見せられると勘違いした男が、母親の手を借りて逃げ出したも同然だった。のこのこ出てきた自分が間抜けだった。

まじまじと見つめられてか、久子が目を伏せた。

典子は、久子が差し出した封筒を突き返した。

「お大切な息子さんが金沢から戻ったら、もうわたしのところには来ないように伝えてください」

「ええ、よろしゅうございますとも。あなたも、どうぞ頑張ってくださいまし」

パチンと音を立てて扇子を畳むと、久子はレジで支払いを済ませ、典子の少し先に立って駅に向かった。

久子の背に、一刻も早くこの場から逃れたいといった心境が色濃く見えていた。

典子は、公園口前の信号のところで久子の目を見つめると、無言のまま深く頭を垂れ、別れた。

銀座線で田原町に行き、典子はひたすら職場に急いだ。心が空白で行き場がなく、何かに追い立てられるような気持ちで西浅草街を歩いていった。いまは職場しか、受け入れてくれるところがなかった。

店に着いて制服に着替えるとき、ロッカーの鏡に映る間抜けな顔を穴の開くほど見つめ、ひとり静かに泣き、笑った。

客をこなす合間合間に胸に去来するものがあり辛かった。しかし、その辛さも、すこしずつ仕事に紛れていった。

七

典子は職場に向かう途中で浅草のアーケード街に立ち寄り、駄菓子の大袋を五つと、娘のTシャツを三枚ほど買い求めた。明日は店の公休日で、娘に会いに行く日だった。

ROX脇の信号から国際通りを横切り、食品スーパーの脇道に入る。中華料理屋の角を曲がると、夕陽が典子の背を照らし、路上に長い影を投げた。その影を見つめて歩いていった。

典子には影が克明に見えていた。あと三年ほどこの路地を通ったら、目標とする稼ぎができる。そうしたら田舎に帰ろう、と決めていた。影の先が店の入り口の前に近づいていた。

顔を上げて店のネオンを目にしたとき、典子は、「やっるー！」と思わず呟いて足を止めた。豊満なボディーのバニーガールがウインクを撒き散らす仕種は以前と変わらなかったが、一連の動作のなかに、胸がボロンと零れるコマが加わっていた。

典子は、なかなか止まらない笑いをやっと抑え、

「どんな客でも五千円札と思え、指名が多かれと願って今日も頑張れ！」

と心の中で言いながら店に入っていった。

更衣室に入って時計を見る。口開けまではまだ充分時間があった。

ハイレグひとつになって網タイツを履いていると、首筋にひとめでそれと分かるしるしをつけた幸子が入ってきた。

「いいわねえ。愛して、愛して、愛してもらっちゃったんだぁ」

「何よ、それ？」

典子はロッカーの棚から絆創膏を取ると、しるしを指さして幸子に渡した。

「ヤバイッ。あたいのとうちゃん、このごろとっても激しいもんだから……」

幸子はパッと顔を赤らめ、鏡を見て絆創膏を貼った。

「幸子、あたしはあと二、三年この店で働くよ。働いたら田舎に帰って、母の花栽培を引き継ごうと決めたんだ。つましくして稼げば、これまでの分と合わせて、娘をなんとかするまでの

分は貯まるし、頃合いだと思ってさあ」

「そうか、花の栽培か……。あたいにはまだ何も見えてないけど、同じ浮き草でも、典子の根っこはしっかりしてるからな……」

「いまの彼と所帯が持てるといいね」

「あたいは文句がないんだけど、なかなか切り出してくれないんだわ。でも、あたいの稼ぎには手もつけないで、一所懸命にダンプ転がしてるから、まあ、当たりかな?」

「そうだよ、当たりだよ。めったに来ない当たりだよ」

「このーっ!。でも、しばらく一緒に働けると聞いて安心したよ。あたいも、当たりが逃げないように頑張るとするべえー」

「そのうち、お惚気《のろけ》ぶりの調査に行くから」

「うん、典子なら大歓迎だから、いつでもおいでよ」

賑やかな声がして、同僚たちが入ってきた。

典子は控室に行くと、端末機の画面を開いて指名の状況を調べた。口開けは、週に一度の店指定のフリーだった。指名客の多い女に店が強制的に配る時間枠で、フリーの客を指名を入れてくる客に育てて固定客にするための戦略だった。

典子は、棚からタオルセットを取ると深呼吸をし、待合室のドアの側に立ってマネージャーにウインクした。

「お待たせいたしました。七番の番号札をお持ちのお客さま、千草さんをお引き合わせいたします！」

マネージャーがとっておきの声で言った。

なごりの雪

一

三月上旬の週末の午後であった。山手線の電車の窓から見える空は、低く垂れ下がった灰色の雲がいまにも破れ、大粒の雨が降りだしそうな気配だった。

川瀬陽一は、ＪＲ御徒町《おかちまち》駅の北口を出るとスーパーの横の交差点で、信号が変わるのを待ってタバコに火をつけた。

体のなかになんとも言えぬ後ろめたさがあった。結婚して八年になるが、形骸化しているとはいえ、結婚記念日の約束をはぐらかすのは初めてだった。

はぐらかすならはぐらかすで、電話一本入れれば済むことだったが、はぐらかしの嘘の上塗りに、こうしていま、妻の孝子のところに向かっていた。いまでは形だけの記念日になっていたが、日々のなかで考えることも少なくなった夫婦の間柄を思い起こせる数少ない場となっているだけに、これまで続けてきた記念日の食事の約束を葬ることは、何かが崩れていくさまを見るような気持ちに陥り、たとえ形だけの儀式のような場であっても残しておきたかった。

陽一は信号を渡るとガード下を右手に進み、横町裏の商店街に入っていった。五十メートルも行けば孝子の店であった。

孝子は、革や絹布、籐などの素材を用いた、手づくりの婦人物のバッグを小口で卸す店をやっていた。店の屋号を「なでしこ」といった。

陽一が「なでしこ」に入っていくと、孝子は商品を棚に並べていた。

「あら、どうしたの？　待ち合わせの時間にはまだ早いじゃない……」

「それが、横浜で急な会議になった。例によって会議のあとは飲み会だから、今夜は帰れそうにないんだよ」

「そう……。わざわざ来るなんて珍しいこともあると思ったら、やっぱりそういうことだったのか。それならそうで、電話でもよかったのに」

「そうはいかないよ。これまで毎年、いちどだって欠かしたことがないんだから……。どうだ、すこし外に出られないか？」

「いいけど、時間はだいじょうぶなの？」

「うん、あまり長くはいられないけど、だいじょうぶだよ」

孝子は、営業先から戻ったばかりの山下に外出を告げると、ハンドバッグを取りに奥の部屋に入っていった。

もうひとりの営業の者は遅い昼食で外に出ていた。孝子の店のスタッフは、いまのところこの二人だけである。

陽一は棚に並んだバッグを眺めながら妻を待ち、外に出た。

前を歩く陽一の背に、どことなく投げやりな表情が見えていた。情報通信市場はひところのように活況ではなかった。そんな会社の中堅営業管理職だけに、年度末の決算を迎え、思うに任せて集まらない数字に気が休まらないようであった。

だが、孝子は陽一の背を見つめて歩きながら、さっき彼が言った会議は嘘だろうと思っていた。

(年度末のこの時期にありがちな急な会議であれば、いくら結婚記念日の食事の約束があるからといっても、電話連絡ひとつで分かり合えることなのだから……)

いちども口にはしなかったが、孝子は二年ほど前から、陽一に女がいるのではないかと感じたことが何度かあった。感じただけで確証を得たわけではなかったが、夫の行状には妻でしか分からない変化が見えるようになっていた。二年前から夫婦の交わりは絶えていたが、そうした変化が感じられるようになったのもそのころからであった。

「なでしこ」から南に行って交差点を渡り、通信会社隣のビルの二階にある喫茶店に入った。

「よりによって大切な日に会議になってしまって、ごめん……」

「あたしのことならだいじょうぶよ。年度末の大事なときですものね」

「いまさら足掻いたところで数字が集まるわけでもなし、気休めの会議なんだよ」

陽一はコーヒーを口に含み、溜め息まじりに言った。

「変わったわね、どんなときでも決して諦めなかったのに……」

「別に諦めているわけではないさ。それだけ深刻な不況だということだ。孝子は商売が上手くいっているらしいね。生き生きしているよ」

「まだ、そこそこやれてるだけよ」

「やれてるっていうのは立派なことだよ。ああそうだ、これ、今日の日のために用意しておいたんだが……」

陽一は鞄を開けると、中から小さな包みを取り出してテーブルの上に置いた。会社の得意先の宝飾店から求めたパールのペンダントである。

「ありがとう。あたしも用意してあるのよ」

孝子もハンドバッグから包みを取り出してテーブルの上に置いた。今日の昼食時に、「なでしこ」の近くの貴金属店で求めたジッポのライターだった。

「ありがとう、何かな？　あとで楽しみに開けてみるよ」

「あたしも、そうするわ」

（結婚してしばらくは、こうではなかったわ。以前はプレゼントの品を楽しみに、互いに目の前で開けていたのに、いつからか、そんな心ときめくこともなくなってしまった……）

「あたし、明日の朝から実家の工房に行くことになってますから、帰りはすこし遅くなるかもしれないわ」

「お父さんが独りでいらっしゃるんだ、できるんならゆっくりして来たほうがいい。俺のことなら心配はいらないから」

「ありがとう……」

コーヒーが冷めないうちから会話が途切れがちだった。繋がらない話をしながら二人はコーヒーを飲み終えた。

陽一は喫茶店の前で孝子と別れ、会社に向かった。電車の乗り換えで秋葉原の総武線のホームに立ったとき、大粒の雨が降りだした。

川瀬陽一の勤め先は、水道橋の後楽園の近くにあった。企業向けの情報システム販売会社で本社は六本木にあるが、陽一は東京支社の公共営業部で医療システム販売課長を務めていた。折から年度末の決算時期であったが、各業種営業本部に上がってくる数字は、三月の上旬を迎えても予算に対する下方修正が相次ぎ悲観的であった。陽一の販売課も例外ではなかった。

ホームに電車が滑り込んできた。

陽一は一瞬迷ったが、電車には乗らなかった。なんとなく会社には戻りたくなかった。ホームの中ほどにある喫煙コーナーの奥に行き、携帯電話を取り出して会社に連絡を入れた。電話に出た書記の中上裕子に、社内の連絡事項などを確認したのち、顧客まわりで戻れないが、お茶ノ水のホテルには約束の時間までには行けると伝えた。

陽一は階段を下りて山手線のホームに向かった。体のなかに苦いものがあった。


短い時間だったが眠ってしまったようだった。陽一はベッドに上体を起こすと、テーブルからタバコを取って火をつけた。

厚いカーテンで窓を覆った部屋に、白い煙が真っすぐ立ち昇る。血液に運ばれ体の隅々まで滲んでゆくタバコが、目覚めたばかりの物憂さをかいくぐって次第に陽一を覚醒させていく。ホテルの部屋に入るまで彼のなかにあった苦さと後ろめたさは影を潜めていた。

ガラスの間仕切りだけの浴室で、湯船に肢体を伸ばす裕子が見える。

男と女の関係になって二年になるが、このごろでは、肌を合わせるたび体感の深みが増しているようであった。裕子はもうすぐ三十歳であったが、いまどきは珍しくもない独身を謳歌しているタイプで、仕事では事務処理に精通した有能な書記であった。

バスタオルで体を包んだ裕子が浴室から出てきた。裕子はベッドの端に座ると脚を組み、タバコをとって火をつけた。

「井上部長が帰り際に探していたわ」

「部長が？」

「新橋の病院のシステム売上はいつになるんだって、ブツブツ言いながら訊いて回っていたわ。公共部隊が都庁のＰＣ商談がとれなかったようで、もくろんでいた納品即売上の穴埋めが必要みたいなのよ。早売りさせられるかもね……」

「あそこのシステム稼働は、まだ一年も先のことだよ。早売りって言ったって、アプリが未完成じゃ無理な相談だよ」

「特に今期はひどいみたいで、他の販売部でも早売りが多いらしいのよ。あまりたてつかないで、恩を売っておいたほうがいいんじゃないかしら」

「裕ちゃんも気楽に言うね。監査に引っ掛かったら、こっちがやられるんだよ」

「そんなにキリキリしないの！」

裕子は胸元で留めたタオルを取ると陽一を見つめ、やがて彼の浴衣の前を捲って脚の間に顔を埋めていった。


孝子は、元浅草のマンションの住まいを出ると、銀座線の稲荷町から電車で上野に向かった。上野で電車を降り、地下に流れ込んでくる人の群れに呑み込まれそうになりながら、ＪＲ上野駅に通じる階段を上がっていった。

みどりの窓口のロビーで風間秀行と待ち合わせており、福島の孝子の実家にある工房に一緒に行くことになっていた。

風間秀行は新宿にあるデパートの購買課長で、孝子より八つ上の四十歳であった。孝子が有楽町の「革製品商会」という貿易会社に勤めているとき、購買品の物色に来た風間と知り合いになった。風間は売れ筋の商品の目利きで、その卓越した眼力には孝子はいつも敬服していた。

孝子が、革製品商会で九年間続けて担当した鞄の知識を基に、「なでしこ」を開いたのが一年前のことであった。

風間は、孝子が作りはじめた厚織りの絹布のバッグや、革や竹皮で編んだものにカラフルなエナメルを塗ったバッグに関心を持っていた。風間の勤めるデパートのバッグ売場に試験的に陳列してみたところ、客の反応もすこぶる良く売れ行きも好調だった。しかし、定期的に仕入れるとなれば形状や絵模様に要望があり、風間は孝子の工房の者たちといちど話をしてみたいと言っていた。孝子が「なでしこ」を開く際、新しい感覚のバッグを作ってみたいと相談に行って以来、風間は何かにつけ助力を惜しまなかった。

孝子はロビーで五分ほど待ち、やがてショルダーバッグを下げて現れた風間と、地下の新幹線ホームに下りていった。

「川瀬さんは都立の工芸繊維大の出身でしたよね？」

「ええ、そうですけど……」

孝子が差し出したコーヒーをひとくち飲んで風間が続けた。

「僕の叔父も工芸繊維大の出なんですが、すっかりおもしろくもおかしくもない役人になってますよ。いまは都庁の産業振興とかいうセクションにおりますがね」

「そうでしたか。お身内に先輩がいらっしゃるなんて、風間さんとはますますご縁が深くなっていきますわ」

「いや、川瀬さんのように、美しいものをつくる能力が豊かな人じゃないから、おもしろくもない役人になっても止むを得ないのですよ。ところでお話は違いますが、商会の佐野さんから聞いたのですが、これからお邪魔するご実家は古いお家だそうですね」

「まだお勤めをしているときでしたが、佐野部長は古い建築物を訪ねて歩く趣味をおもちだったので、いちどお友達ともどもお連れしたことがありました。古い家といっても、時代に取り残された家で、維持していくのが大変なんです」

「お父さまが、おひとりで住んでいらっしゃるとか……」

「ええ……。母が亡くなっておりますし、三人の兄も家を離れておりますので、父は七十二歳のいまもまだ現役なんです。林業で成り立っている家なのですが、好きな教育を受けさせてもらった子供たちは判で押したように都会に就職して、それぞれ家庭を築いてしまいました。いつだったか、お正月に親子が顔を揃えたとき、後継者育成の失敗だったと父が言って笑ったことがありましたが、いつかは誰かが家に戻ると信じているようです」

「あなたなら向いているように思いますがね……」

「木材の相場を見て山林を切り出したり、植付けをしたり、積み重ねた歳月がなければ木を扱う目は養えませんわ。それに、何よりも山守の人たちをまとめていかなければなりません。女のあたしでは難しいことですわ。それにしても風間さんは、あたしに関することを何でもご存じなんですね？」

「いやいや、お訪ねしたときの印象がとても深かったのでしょう、佐野さんが話してくれたものですからね……。そんなおたくのお嬢さんが貿易会社の営業をやっていらしたなんて、ちっとも知りませんでした」

「とんでもありませんわ。こちらこそお知り合いになれて、どんなに心強かったことか分かりませんわ」

白河を過ぎる辺りから春まだ浅い光景が広がってきた。雑談で一時間半があっという間に経っていた。

郡山で列車を降りると、孝子は改札口で、迎えに来ているはずの親戚の治男を探した。

孝子の実家がある石筵《いしむしろ》に行くには、盤越西線の電車に乗り換えても行けたが、接続が悪かった。さいわい治男はすぐに見つかった。

風間に治男を紹介し、駅前の駐車場から治男の車に乗って磐梯熱海《ばんだいあたみ》に向かう。孝子の実家はこの町の北の山間にあった。

伊東治男は母方の叔父の次男で、三年前に孝子の父の浩平が特定郵便局の局長を退職したとき、それまで勤めていた農協を辞め、浩平の跡を継いで局長になっていた。孝子と同じ三十二歳で、局長になる前は本宮町の実家の離れに住んでいたが、いまは妻とひとり娘を本宮に残して局舎の二階に住んでいた。妻が町役場に勤めているので、単身赴任を余儀なくされたのである。孝子とは小さいときから行き来して育ち、気心も知れていることから、孝子は、父の浩平のことや、始めてまだ日が浅い工房のことを、それとなく治男に見てもらうことが少なくなかった。

治男は、この日の午前に郡山に用事があるというので、用事の帰りに送ってもらうことにしていた。

安積《あさか》平野の北端に位置する町である。温泉が豊富で、北の中山峠を越せば会津平野が広がっている。中山峠に向かって鉄道と国道が走り、国道と並行して五百川が流れている。川と国道の間の帯を広げたような幅の狭い土地に、ホテルや旅館がひしめいて建っていた。

治男が運転する車は、山間の道を縫うように走った。十分ほどすると、安達太良山《あだたらやま》の裾野に広がる石筵村が見えてきた。青い空を背に、まだ雪を被る峰々が白い稜線を描いていた。

道の両側に三、四十戸の集落が五つほど数えられた。目にする家並みは今風だったが、昔の郷の姿をいまに残す村であった。孝子の実家は村の中ほどの東向という集落にあった。

道路から敷地に入っていくと、孟宗竹と杉の林を背にした木造の家屋が見えた。古い和洋折衷の二階建てで、その西側にはやはり二階建ての白壁の土蔵があった。

氏神神社の前で車を停めた治男に、孝子は御徒町の知り合いの店から求めてきた明太子とちくわの包みを手渡した。治男は「いつでも送るから声をかけてくれ」と言い残して敷地の南側にある郵便局に戻っていった。

「これは驚いた。すごい家ですね……」

「雨漏りはするし、あちこち傷んできて維持するだけでもたいへんなんですよ」

壁や天井が漆喰塗りの居間に風間を通すと、孝子は二階のアトリエに籠もっていた父の浩平を呼んで、風間を引き合わせた。

お茶を飲みながらしばらく雑談したのち、孝子は風間を伴って工房にしている土間続きの板の間に下りていった。

十五坪ほどの板の間であった。竹や木通の蔓《つる》、籠に入れた繭《まゆ》などが持ち込まれていて、部屋の中央ではまだストーブが燃えている。土間では大鍋を乗せたガス窯が炊かれ、ホット・カーペットを敷いた上で男が三人と女が二人、思い思いの恰好で仕事をしていた。いずれも浩平の知り合いの老人たちで、若いころは竹細工や機織りに腕をみせていた。

竹を削り繭を紡ぐことから始まって仕上げまで、バッグをつくる工程がすべて手作業に依るため、この種の技術をもつ者を集めるのは容易ではなかった。生産地特性が薄く、働いても富を生まないこの地の農業や酪農は色褪せて久しく、土地の若者たちはこぞって都市部に働きに出ていた。もともとが個々の家の生活用品をつくったものであった工芸や機織りなどはなおさらで、技術の継承に意欲をみせる若者など皆無だった。

割いた竹に膝の上で鉋《かんな》を掛けている義輝老人のところに孝子が歩み寄った。

「デパートの買い付けをなさる方をお連れしたんだけど、デザインなど、いろいろと要望をおもちなのよ。お話ししてもらえるかしら?」

「ええ、ようがすとも」

義輝は他の者たちを促して作業台に行き、椅子に座った。

孝子は義輝たちに風間を紹介しておいて、自身は織機の側の作業台で二人の織り手を相手に、絹布の織り柄の相談に入った。

バッグのデザインやエナメルの色付けはほとんど孝子自身がやっていたが、絹布の染色は、父の浩平から紹介してもらった、会津木綿の織元の息子に定期的に頼んでいた。

風間は、持参したカタログ集から革で編んだバッグを幾つかサンプリングして見せながら、その趣を参考にするよう勧めた。とくに把手の長さや幅、口金の形状など細部にわたって話し合った。

打ち合わせが終わると、全員でストーブを囲んでお茶にした。織り手の早苗が奥の台所から持ってきた白菜の漬物や干し柿をつまむ。義輝をはじめ工房の者たちはいつになく饒舌だった。


孝子は、庭を見たいという風間を案内して家の前に回った。

庭は盛り土や池を排除した平地の造りで、常緑樹は主に松と檜葉《ひば》で、落葉樹は梅やもみじ、躑躅《つつじ》が主体であった。透明な初春の日の光を受けて梅が咲きはじめ、牡丹《ぼたん》や芍薬《しゃくやく》、薔薇などは赤い芽を出していた。満天星《どうだん》（ツツジの一種）の古木の根元で、雪の下が茂り白い花を咲かせていた。

風間は庭の中ほどに配した飛び石に佇んでしばらく眺めていたが、やがて、

「家の周りを歩いてみたいのですが、構いませんか?」

と孝子に訊いた。

「ええ、ご案内しますわ」

孝子は風間と並んで家の東側に回った。

敷地の東側には小川が流れ、貯木場と製材所の建物の側に連植されたぐみの大木が、川面に枝を伸ばしていた。やがて、住まいの裏の孟宗や杉の林と、その東の雑木林の間を行く小道に入る。いまではすっかり見られなくなった、昔ながらの瀬戸道であった。

まだ芽吹き浅い雑木林で山椿が紅い花弁を広げていた。

風間は林に分け入ると椿を見上げた。優に三メートルはあろうか、身丈も枝も伸びるに任せ、日に輝く緑の叢《むらが》りのなかで紅い喇叭《らっぱ》の花弁を広げていた。喇叭の内側にだけ薄桃の縦皺が走る花であった。

不意に風間がまじまじと見つめてきた。

「孝子さん、あなたは寒凪《かんなぎ》のようなひとだ……」

「かんなぎ?」

「いつだったか、下田を旅したことがあるんですが、滞在した宿から下りた海で、水面に叢って咲く椿の花を見たことがある。背後がくり抜かれたような土手でしてね、土手の上から伸びた椿の枝の花を映していたんです。珍しい光景なのでしばらく眺めていましたが、間もなく海面がうねり出して、たちまち花影も定かでなくなった。あのように穏やかな海の表情は見たことがありませんでした。小波ひとつない水面が一変して、見る間にうねり出す……。あなたのように、うねりを抱えた寒凪だったんですよ」

「そんなふうに言われたら困ってしまいます……」

孝子は眼を伏せると、靴底で下草をなすりながら言った。

「今日は来てよかったですよ。工房を訪ねるのが目的でしたが、あなたに僕を見てもらうこともできたようだ……」

風間は地面に落ちた花弁のなかからひとつ拾い上げると、右手のひとさし指に通してクルクル回し、しばらく山椿を見上げていた。

（このひとは、あたしの知らないところで、あたしの隅々まで見てしまっている……）

孝子は佇んで山椿を見上げる風間の横顔を見つめた。

二

梅雨の合間の晴れた日の午後であった。

風間が「なでしこ」の裏の駐車場に車を停めて店の前に回ると、窓際の日溜まりのなかに屈んだ孝子が、草花らしきものを紙に広げて干していた。淡い鶯色の地に小花を散らした着物が、挙措の柔らかな孝子によく映っていた。

白い端正な横顔が動いて通りを見上げた。

孝子は一瞬頬を染めると、髪に手をやりながら店の外に出てきた。

「そっと見ているなんて、いやですわ。いつからいらしてたんですか?」

「いや、いま来たばかりですよ」

「どうぞお入りください。いま、お茶を淹れますから」

孝子は店の奥の部屋に風間を通し、お茶の用意をした。

「さきほどお客さまが見えて、いただいたのですが、よろしかったら召し上がってください」

孝子は、お茶と皿に載せたモナカを出すと、風間と向かい合って座った。

「なにか懐かしいような香りですね……」

孝子の首筋あたりから芳しい香りが漂っていた。

「ああ、これ、『たちひかげ』っていうんです。さっきあたしが干していた野花からとれるのですが、祖母がよく使っていたんです。あたし、亡くなった母が父の郵便局で働いていましたから、おばあちゃん子だったんです。この香りのなかで育ちましたの……」

「そうですか、なにやら雅《みやび》やかで床しいお話ですね」

風間は何かを点検するような目で孝子を見ていた。

たちひかげは白粉花科の植物で、孝子の実家からさほど遠くない母成《ぼなり》高原によく自生していた。六月に入ると黄色の花に黒い実をつけるが、この時期に採取して干し上げると、割れてなめらかな白い芳しい粉がとれる。その昔は、女たちが匂い袋に用い、夏場には首筋や胸にたたいて汗の匂いを抑えたというが、いまではこの植物の名を知る者も稀であった。孝子は実家に出入りする者に採取してもらい、香水をつくって愛用していた。

入り口のドアが開いて営業の山下と斉藤が戻ってきた。彼らは風間が来店していると知ると丁寧に挨拶をした。

「このあいだ染め上げてきたものが、三十個ほど出来上がって送ってきたのですが、ご覧になっていただけますか……」

「そろそろ入荷するころだと思って来てみたんですよ。ぜひ、見せてください」

孝子は風間を二階の倉庫に連れて上がり、一つひとつ箱を開けてバッグを取り出しテーブルの上に並べた。

「この織り柄のものは何で染めたのですか？　花の織り柄が濃淡になって、とても趣がありますね」

「露草で染めてみました。色が飛んで褪せやすいのですが、かえって趣があるのではないかと思って用いてみましたの」

「孝子さん、あの山椿の葉の緑と、花の赤は、出せませんかね？　この青と三色組み合わせて色付けしたものなら、きっと良いものができると思いますよ」

「山椿の……」

「そうです、良いものができると思いますよ。それと、これは全部引き受けますから、なるべく早く届けさせてください」

「全部ですか？」

「このまえ引き受けたものは評判が良くて、だいぶ売れてしまったんですよ。それと、『なでしこ』という商標もバッグのイメージに合っているらしく、受けてますよ」

「なんだか夢のようだわ。風間さんのお陰ですわね……」

「そんなことはない、あなたの努力ですよ。ところで、今度はいつ工房に行かれますか？　古いヨーロッパの鞄の写真集が手に入ったんですよ。ちょっと珍しい写真集でしてね、あの義輝さんたちなら良い革製品がつくれるのではないかと思って、話してみたいのですよ」

「ありがたいですわ、月の半ばには行くことになっています。こんどは温泉などにも寄れたらいいのですが、風間さんお忙しいから……」

「あの川の辺の緑はきっと美しいでしょうね。川に沿って歩いてもみたい。それに、流れも眺めてみたいものです……」

「お時間が取れるように願っておりますわ」

風間はもういちどバッグを一つひとつ丹念に見直していたが、やがて、もう一カ所寄るところがあると言って帰っていった。

帰っていく風間を駐車場で見送ったとき、孝子は、「流れも眺めてみたいものです」と風間が帰り際に言った言葉が体のなかに残っているのを覚えた。


陽一は水道橋から総武線伝いにお茶の水に向かって歩いていた。水道橋から電車に乗ってお茶の水に出るつもりだったが、そのまま歩き続けていた。体のなかに淀んだ澱《おり》のようなものがあって、気持ちが冴えなかった。

会社を出る直前まで、部長の井上と打ち合わせをしていた。

打ち合わせは、二日後に迫った国税監査の対象になっている、前期の年度末に売上計上した物件の証拠書類の対策であった。前期は年度末ぎりぎりまで待っても売上予算が達成できず、早売りをせざるを得ない状況に追い込まれたのだった。

いずれの証拠書類も形だけは万全だった。顧客の担当者やメーカーの営業と、内々にやりとりして作成した証拠書類だから非の打ちどころがなかったが、物件のシステム規模や売上金額規模から見れば、計上期における早売りの様相を隠蔽できるものとは思えなかった。他の販売部にも類似の物件は多く存在すると井上は言っていたが、当事者の陽一にしてみれば、すっかり追い詰められた心境であった。

梅雨の合間の晴れた一日だったが、夕刻あたりから灰色の空になっていた。低く垂れ下がった灰色の空とも、宵闇ともつかぬ空間に煙る街の灯をかきわけるように、遠く前方から電車が近づいていた。

お茶の水の街並みが見えてきた。体のなかにはまだ澱のようなものが残っていた。

陽一は大学の前の陸橋を越え、駅を左手に見ながら歩いていった。やがて裕子が待つホテルが見えてきた。

ホテルに着いてロビーに足を踏み入れたとき、体にあった澱のようなものがスーッと影を潜めていった。

部屋に入るとテレビの音が聞こえた。裕子が待っていた。

「ねえ、あたしこのごろ、夜中にひとりでキリキリ舞することがあるの。困っちゃうわ……」

ベッドの端に座ってタバコを喫っていた裕子が、浴衣に着替えはじめた陽一を見上げて言った。

「何だよ、キリキリ舞して困っちゃうなんて……」

「三十も過ぎると、女は女になってしまうのね……。このごろ、あなたにしばらく逢わないでいると、夜中に体が火照って眠れなくなってしまうことがあるの。女の体がこんなに隙間のないものだなんて、ちっとも知らなかったわ。あなたがどんな気持ちであたしを抱いているかなんて考えてもみなかったけど、体が火照るようになってからは、自分でも薄気味悪いと思うくらいにそんなことを考えるようになったわ。なんだか、とっても嫌らしい女になっていくような気がする……」

「おいおい、脅かすなよ。君は頭が良くて仕事もできるし、いい女だよ。俺しきの男に惑わされるような女じゃなかったんじゃないのか？　とにかく、俺は君が好きだよ」

「好きだよって……、ちょっと意味合いが違って困っちゃうけど……。それは、あたしだってあなたのこと好きだわよ。仕事はできるし、若い書記たちの話題に上るくらい女向けの感性もいいわ。そんなあなたを独占できるのは小気味がいいけど、たまには優しくしてほしいときだってあるのよ。好きでこうなったんだから文句は言えないけど、まるで、仕事の垢落としみたいなんだから……」

「そんなこと言うなよ……」

「なんだー、急に哀しそうな顔なんかしちゃって……。冗談だわよ」

「こいつめっ。裕子、おいで……」

「なにによ、スケベッ」

「まいったな、スケベ嫌いなんだ?」

「バカ……、好きっ!」

裕子は照れ隠しのように陽一をベッドに押し倒すと、被さっていった。

スタンドの明かりだけの部屋に、白いタバコの煙が真っすぐ立ち昇っている。陽一はベッドに横臥し頬杖を突いた恰好で、冷蔵庫の側のテーブルで咲く鉢植えの梅をぼんやり眺めていた。

(妙な花だ……)

閉め切った窓を厚いカーテンで覆った部屋で、まだ蕾を半分ほど残して咲いている。時節を逸した花にしては艶やかで匂うようであった。

(それにしても、妙なことになったものだ……)

背を向けて眠るなめらかな曲線の裕子の裸体に目をやった。体のなかには未だ澱のようなものが残っていた。裕子を抱いたばかりなのに、これまでのようには晴れなかった。

(これでは、朽ちかかった橋だと薄々気づきながら、川も見ないでやけっぱちで渡っているようなものだ……)

途中で軋みだし、引き返すのも、前に進むのも覚束なくなっていた。それなら飛び下りればよいと川を見たら、いつでも飛び下りられると侮っていた川は濁っていて、底知れぬ深さだった。じっとしていても、橋は折れ曲がり確実に川に落ちていく。飛び下りても溺れるようなことはないと思ったが、岸に這い上がるには、靴を脱いでズボンの裾を捲くる程度では済みそうになかった。

体のなかの澱のようなものは、仕事の行き詰まり感であり、裕子と関わった動機の不透明感だった。見下ろす川のように初めから濁っていたのかもしれなかった。

裕子と男と女の関係になって二年になるが、彼女が執着めいた言動を見せたのは今日が初めてだった。執着めいたといっても、裕子はわきまえて喋っていた。わきまえたかたちで言われてみると、陽一はいまさらながら自分の身勝手さを感じるのだった。

かなり整った顔で、会社では物腰の静かな仕事のできる書記として通っている裕子であったが、男と女の行為は赤裸々であった。赤裸々な行為を目の当たりにしたとき、陽一は、妻の孝子のたおやかさから逃れられるかもしれないと思った。感覚を体で研ぎ澄ますように深みを求めて止まない女の行為は、単純な性の衝動で関わった男には容赦がなかった。

妻の孝子と交わりを絶って二年になっていた。生まれながらの気品とたおやかな性格の孝子は、夫婦間の何事においても慎み深く、自分を露にすることはなかった。同衾しても受け身がちで、貫かれても恥じらいを忘れなかった。慎み深く恥じらいのある行為はしばらくは趣があったが、月日を重ねるなかで次第に陽一の欲望を萎えさせていった。貫いている最中に、恥じらいのなかで乱れる妻を見て苛立つことさえあった。乱れのなかにも言いようのない気品が感じられた。この気品は孝子に生まれながらにして備わったものだと分かってはいても、それは理屈では押しやれない苛立ちを呼び、妻を抱くことへの萎えに繋がった。

同衾しても交わりのない夫婦になっていたが、夫婦としての繋がりは保っていた。繋がりを保っているのは、孝子のたおやかさに因るところが大きかった。裕子と関わりをもつようになって久しかったが、それを知ってか知らないでか、孝子の日々の様相は以前と少しも変わりがなかった。変わらない妻に、ことさら言うことはなかった。陽一にとって孝子は、美しい妻であり、夫婦の行為を除けば何ひとつ文句のつけようのない申し分のない女であった。

仕事に明るい展望も見られず、軋みが溜ってくると裕子を抱く日々が続いていた。抱くことで肉欲は霧散したが、霧散したのちに言いようのない虚脱感が訪れるようになっていた。そしてその虚脱感のなかで、何かが壊れていくような音を聞くことがあった。

裕子は、広々とした浴槽に体を伸ばし、このごろ自分でも生々しいと思えるほど豊満になった乳房を見ていた。何度湯をかけても弾いてしまう。早熟で揺れる胸に恥じらいを覚えたのは昔のことであった。いまでは乳首を迫り出すことで、男の口や手の感触を増幅できることを憶えた突起になっていた。

単調な仕事とはいえ仕事のできる女として扱われ、ある程度は仕事に生き甲斐を感じて過ごしていたが、ふと佇んでみると、大学時代の友人の半分は家庭に入っていた。生き方の違いとはいえ、次第に彼女たちとは距離感ができていた。同期に入社した男たちが重責ある仕事に取り組む姿を見つめながら、代わり映えのしない仕事に日々を過ごすのがやりきれなかった。いまだに男社会の色彩が濃い会社を恨みがましく思い、心の張りを失いかけていたとき、陽一が転属してきた。

これまでに仕えた課長たちとは違っていた。管理職の領分の仕事でも次々と裕子に押しつけてきた。先輩の書記たちの手前、裕子は戸惑いがあったが、分からないことは訊きながら与えられた仕事をこなしていった。そうするうちに、よその課の営業たちまでが事務処理の相談に来るようになり、気がついてみると裕子は書記の頂点に立っていた。

数字だけが優先されるギスギスした職場のなかで、陽一は周りの者に気づかれないかたちで庇ってくれもする。このひとは何かやる男かもしれないと思った。課の打ち上げが跳ねた帰りに意図的に二人だけになり、抱かれた。

ガラスの壁の向こうに上半身裸でタバコを喫う陽一が見える。乳房が押し出されるような感覚で、体の奥から熱いものが噴き上がってきた。裕子は体をバスタオルで巻いて陽一のところに行った。

風間が二度目に孝子の工房を訪れたのは七月の初旬だった。

工房の者たちとバッグのレパートリーを増やす打ち合わせをしたのち、孝子は風間と一緒に磐梯熱海温泉に移った。仕事で世話になっている風間を接待する気持ちで、宿を取っていた。工房の者たちに対する風間の要望は多く、打ち合わせは夕方までかかった。宿の「萩の湯」に着いたのは薄暮が訪れるころになっていた。

部屋は別々にとってあった。

薄闇のなかで淡い水墨画のような光景が広がっていた。川の流れの音が微かに聞こえる。孝子は自分の体のなかで揺れ動くものを見つめていた。

三月に工房に行ったとき、裏山の雑木林に咲く山椿を見上げながら、寒凪のようなひとだが内に抱えたうねりが目立つ女だ、と風間に言われ、孝子は返す言葉に窮した。返す言葉が見つからないなかで、耐えて久しいものがめざめ、体に熱が帯びてくるのを覚えた。その熱さにうろたえながら、風間に隅々まで見られていたことを初めて知ったのである。孝子はあのとき以来、風間の視線を熱く感じるようになっていた。

孝子はカーテンを閉めると服を脱ぎ、宿の浴衣と袖なしの袢纏《はんてん》を着けて食堂に向かった。七月初旬とはいえ、山間の宿は夜ともなれば涼しかった。

係の者に案内されて小部屋に入っていくと、すでに風間はテーブルに座っていた。

「鶴の川という地酒が旨いというので、いま頼んだところです。孝子さんは何にしますか？」

風間が品書きを寄せて言った。

「あたし、ビールを少しいただいてから、同じものを……」

孝子はそう言って係の者に告げた。

肉や山菜、川魚などを取り混ぜた地方色豊かな料理であった。

「これは旨い、旨いですよ……」

風間はウルイの胡麻和えを食べると目を細めて言った。

彼は山菜の料理はどれも褒めていたが、特に半ばに運ばれてきた山胡桃の芽と篠の子の天麩羅には唸って箸をつけていた。

「なかなかいける口だったんですね」

風間が孝子に酒を注ぎながら言った。

「あたし、夜中によく眼を覚ましてお酒を飲んでいますの。台所で飲む冷や酒で腕を上げたのかもしれないわ……」

「何事につけても、お強いということはいいことですよ」

「まあっ……」

見つめ合って笑う。

時間があっという間に過ぎていった。

「すこし窓を開けてもらっていいですか？　ちょっと酔ってしまったみたい……」

「ああ、どうぞどうぞ」

上げ下げする窓を風間が開けた。涼気が頰に触れ爽やかだった。

孝子は流れの音に耳を傾けた。食事を摂りに来る前、部屋で暮れなずむ外の景色を目にしながら心の揺れを強く覚えたが、そんな気持ちもいまは失せかけていた。

「こいつを冷や酒でやりませんか？」

食事を終え、部屋へ戻るエレベーターの前で、風間が冷酒の瓶を見せて孝子に言った。彼は食事の最中に、係の者に言って地酒を一本届けさせていた。

「まあ……、すぐには眠れそうにないからお酒ならいただきますが、お疲れではありませんか？」

「いやいや、ちっとも構いませんよ」

風間の部屋に入っていくと、食事の間に用意したのであろう、テーブルのある隣の部屋に蒲団が敷いてあった。テーブルの上には小さな花瓶が置いてあり、投げ入れた花勝見《はなかつみ》がいまにも咲き出しそうな気配だった。

風間が冷蔵庫の上からコップを持ってきて地酒を開けた。

酒の瓶が半分空になるのに、そう時間はかからなかった。孝子が風間に酒を酌もうと瓶に手を伸ばしたとき、風間もまた手を伸ばした。手が触れあった。二人は照れて見つめ合い、しばらく沈黙が漂う。

「蕾がいまにも開きそうだ……」

風間は花瓶に投げ入れられた花に視線を移してそう言い、再び孝子の目を見つめた。

「あたしの工房に初めてお連れしたときでしたが、あなたに寒凪のような女だと言われ、あたし、とても慌ててしまったわ。女の内のざわめきが目立つほど表に現れていたのかと思うと、恥ずかしいというより、うろたえが先に立ってしまった……。いまのあたしも、抱えたうねりが目立つ寒凪なのかしら……」

「抑えたうねりの大きさを言っているのだろうと思うが、表面はちっとも変わっていないな。変わっていないというより、むしろ油を打ったような寒凪だと言える」

「またそんなふうに……、身動きできないほどにひどくなった寒凪が目障りなだけなんでしょう?」

「まったくしようがないひとだ……。生臭い寒凪だから、穏やかさが目立ってしまうのですよ」

「そんなふうに言われたら、困ってしまいます。生臭い寒凪が目障りなら、いっそ波立たせてしまえばいいのではないかと思うけど……」

言葉の上のやりとりとはいえ、口に出してしまった恥ずかしさのあまり、額に汗が滲む思いだった。口にした自分の言葉に恥じらい、いちどに体が熱くなっていた。

「どうも、歪みを直す手立てを知らないでもないのに、ただ眺めているだけのようですね。それだから、油を打ったような生臭い寒凪だというのですよ」

「そんなに女を追い込んで、愉しいのかしら……。あたし、ほんとうに困ってしまいます」

「なにも困ることはない。この花の蕾のように、まっすぐに開き直せばいいだけのことです……」

肩を引き寄せられ、抱き竦められた。顎に手を掛けられて口を塞がれ、熱い舌が絡みついてきた。

「待って、お風呂を使いたいわ……」

風間の手が浴衣の衿を割ったとき、口を離して孝子が言った。体に溢れるものを覚え羞恥が先に立っていた。

孝子は風間を見つめて立ち上がると、黙って内湯の脱衣所に行って帯を解き、湯殿に入っていった。

渓流の音が聞こえる窓から差し込む月明かりが、板壁に掛けた花瓶の山吹を湯槽に映していた。孝子は明かりを点けずに窓を少し開け、檜の湯槽に浸かった。

肩に湯をかけながら揺れる湯気を見つめる。湯面に映る白い肌が静かに揺れていた。

(いつかはこうなるかもしれないと思っていたけど、その時が現実となると、やはり心が揺れてしまうわ……)

脱衣所で物音がした。入り口を見ると風間が入ってきた。

「月明かりの温泉とは、なかなか風情がありますね」

「静かで、聞こえるのは風と川が流れる音だけ……」

風間が体を流しているとき、空を舞った山吹の花弁が湯面に浮いた。

風間が湯に入ってきたとき、孝子の乳房の間をたゆたっていた山吹の花弁が流れていった。

(あたしはもう、飛び下りるしかない……)

湯が動いて風間が迫ってきた。抱き竦められ、乳房を撫で上げられた。二年以上も男を知らないできた思いがいちどに溢れた。

「ああっ、花が見ているわ、恥ずかしい……」

風間の指が入ってくる。いちどに体から力が抜けていった。行き着くところまで流されていこうと思った。

「あたし、お化粧を直しますから……」

風間の胸に乳房を押しつけた恰好で孝子は言った。

白い艶やかな体がシャワーを弾いている。やがて孝子が湯殿から出ていった。


鏡の中から見返してくる自分の目が光っている。乳首が痛いほどだった。宿着の前を広げて胸に目をやると、乳首が弾けそうに勃っていた。乳房が内から押されるように張り出すのを感じたとき、折りたたまれるような構図で男を受け入れているわが身の姿が見えた。

洗面所から部屋に戻ると、風間はすでに次の間の蒲団の上に座っていた。部屋の襖を閉める。二人だけの空間が孝子を大胆にしていった。見上げる風間の前に立った。

帯を解き、ブラをとってショーツを擦り落とす。浴衣が肩から滑り落ちていった。

「あたし、寒凪だと言われたときから、こうなるかもしれないと思っていたわ。抱かれて、波立つ水面を漂う夢を、何度も見ていたの……」

「この太股に伝うものを見れば、夢の辛さがどれほどのものかが分かるというものだ。これからは、夢ではなくて現実を見ることだね……」

風間が浴衣を脱ぐと、孝子が蒲団に入ってきた。

（なんと吸いつくような柔らかな肌だ……。豊かすぎるほど豊かなのに、仰向けになっても形を崩さない乳房といい、括れからいきなり張り出す丸い腰といい、これほど女を感じさせる体を蔑ろにしている男の気持ちが分からない。この体の感性は、このひとの英知に優るとも劣らぬものであろうに……）

肩を抱いて口を合わせると、柔らかな舌がはげしく反応してきた。

「ああっ……」

乳首に風間の口が触れただけで、背がそり上がった。

（ああ、このひとの唇が熱い。熱さが背筋を走っていく……）

風間は乳房を握ってしばらく舐めあげ、やがて下腹に唇を這わせていった。

乳白色の大腿の間に手を差し込むと、孝子の体が捩れた。

「恥ずかしい……」

膝を立てさせて脚の間を開く。体液に塗れたところが露になり、沈丁花のような強い香りが噴きあがってきた。透明な愛液を溢れんばかりに湛えた窪みが艶やかに光っている。なおざりにされた女の辛さが、壮絶な感すら醸し出す光景であった。

視線に堪えかねるように内腿が捩れている。風間は舌を徘徊させる。

「ああ、あなた、肌が擦り落ちていくような気持ち……。あなたの舌が焼けるように熱いわ……」

耳に粘りつくような音のなかで口に含み、孝子を見つめながら音をたてて呑み込んだ。

「ああ、あなた……」

上体を起こした孝子が抱きついてきた。

白い指が、反り上がった風間のものをまさぐっている。じっと見つめ、やがて顔を埋めてやわらかな舌を巻きつけた。

風間は孝子の白い脚を自分の肩に乗せ、腰を折り曲げて眼下に窪みを露にする。血液を含んで捲れ上がった襞がなんとも艶かしかった。神経を一点に集中して受け入れようとしているのか、白桃のような腰が円を描くように動いている。そそり立つもので亀裂に触れると、孝子は堪りかねるように体を捩り、掠れた声を上げた。

仰向けになった女が両膝を立てて脚を広げ、男の首に両腕を絡ませて口を合わせている。被さる男は女の臀を抱き、密着させた股間を小刻みに揺いあげる。男の胸に押しつけて折れ曲がった乳房が、女に生臭い動きが伴い出したことを見せていた。

寒凪の水面下にいちどうねりが生じると、止まるところを知らなかった。

二年半も男を知らなかった孝子の体が、苛烈で容赦のない表情になるまでにそう時間はかからなかった。乳房は風間の手にたちまち馴染んで乳首を迫り出し、乳白色の肌をあかく染め、脚を広げてどこまでも受け入れた。

いちど男のものを呑み込むと、女は全身の触覚をそこに集めたような動きを見せた。体を捩り、半開きの口から掠れた声をあげるさまは清艶で、一片の雑念も入り込む余地がなかった。鎮めて久しいとはいえ、いちど女の体が憶えた男の澱は残り火のように留まって燻り、熱く辛いものであった。いま求めて止まない女の行為はそれだけに苛烈で容赦がなく、いのち絶えなば絶えね、というかのようであった。

体に打ち寄せた波の大きさのあまり、孝子はしばらく気を失っていた。

目を覚ますと、風間の胸に顔を埋めていた。彼の胸の鼓動が聞こえ、皮膚の匂いがした。覚醒するなかで男の胸に倒れ込む直前のことが思い出されたとき、孝子は思わず身が縮むほどの羞恥に襲われた。

脚を広げ男の股間を跨いでいた。体は繋いだままだった。折りたたまれたのち、こんどは自分が上になり、飽くことなく求めたのだった。

気を失う直前までのことが体の隅々に蘇っていた。蘇ったきらびやかな思いが脚の間に収束されていくにつれ、男のものも強く反応していた。

(これでは恥ずかしくて体を離せない、どう言って離せばいいのか……)

羞恥のあまり体を硬くする孝子の背で、風間の腕が動いた。やっとのことで上体を起こすと、優しい眼が見上げていた。

「思ったとおり、歪んだままで女になっていたんだね……」

下になったままで男が言った。

「そうかもしれないわ。だって、あんなすごい感覚に襲われたのは初めてだったから……」

孝子は再び風間の胸に顔を埋めた。風間の匂いが皮膚を通し内に浸透してくるようであった。男のものを包む襞がわれ知らず触手のように動いている。臀部が強く引きつるのを覚え、孝子は思わず体を捩っていた。

「ねえ、……」

覗き込むように見下ろす女の目が艶やかに光っている。艶やかさのなかに妖しさが漂いだした。

(この目の妖しさは、久しく眠っていた女の体が目覚めたことを物語っている……。これほど美しい体はめったにあるものではない。目覚めたこの体が、やがて芍薬の花になり、牡丹の花になっていくさまを、是非とも眺めてみたいものだ)

孝子は、密着させた脚の間を擦りつけるように動かしている。量感豊かに突き出た乳房の間から半開きの唇が見える。ふるいつきたくなるようなその光景に風間は、思わず孝子の乳房を握って腰を突き上げていた。

「あーっ、すてき……」

丸く盛り上がった白桃のような腰が回るたび、煽情的な音が聞こえる。じっと見下ろす目が妖艶な光に満ちていた。

不意に体を離した孝子が、風間にチラッと目をやって背を向け、膝をついて臀部を突き出した。

「ねえ、いらして……」

（このひとの愛液は涸れることを知らないのか……）

白濁した体液がゆっくり流れ出している。顔を近づけると、ツーンと薔薇の香りのような強い匂いが鼻孔に噴きあがってきた。

両膝をついて臀部を突き出す女の後ろに回った男は、腰を突き上げながら両手で乳房を揉みしだく。体を曲げて男の首に腕を絡める女の唇は半開きで、虚ろな半眼が女の体の極みが近いことを映し出していた。

やがて男が股間を押しつけ体を硬直させると、波立つ背を反り上げた女は掠れた声で叫んだ。

翌朝、孝子が眼を覚ますと、風間は蒲団に腹這いになってタバコを喫っていた。時計を見ると七時だった。

「早くからお目覚めでしたの？」

「なんだ、起こしてしまったようだ。どういうわけか、枕が変わるとよく寝つかれなくてね。あなたは可愛らしい顔で眠っていたよ」

「あら……」

孝子は昨夜のことを思い出し、頬を染めて掛け布団で顔を覆った。すこしして目だけ出した孝子と視線が会うと、風間は照れた笑いを浮かべて起き上がった。

風間とコーヒーを飲んだあと、孝子は洗面所で時間をかけて念入りに化粧し、着替えた。

朝食は、部屋で摂った。孝子には沢を行く流れの音が昨夜より澄んで聞こえた。

「顔がやわらかな表情になって、きれいだよ……」

食事の途中で不意に言った風間の言葉に、孝子は顔を赤らめて眼を伏せた。

ずうっと眺められていたのかと思うと体が熱くなる。昨夜のことが思い出されてきた。

月明かりのなかで脚を開いているのに、灼熱の日に晒されて切り刻まれるような思いだった。堅く閉ざす大腿から力が抜けていくまでの繊細な切り刻み方が、閉じた目に見えていた。

自然に膝を立て、脚を開いていた。脚を開いた孝子を、風間は削ぐような荒々しさで切り刻んできた。小さな山をいくつものぼり、極みにのぼる山の大きさを見せつけられた上でのぼっていった。繊細に、また荒々しく切り刻まれ、極みの山をのぼり詰め気を失っていた。

食事のあとで、流れの音を聞きながら緑茶を飲んだ。のみものが渇いた喉を潤したが、体の熱さはなかなか退かなかった。

「あたし、寒凪のような女でいるのは、辛いわ……」

頰を染め目を伏せて言う孝子を、風間がじっと見つめる。

孝子は清冽な流れの音に包まれながら、やわらかな月の光と焼けるような日の光を同時に見ていた。

三

孝子は新宿で電車を降りると、駅の地下街にある二軒の花屋を見てまわって青色の百合を探した。つい最近、雑誌で見たのだが、ある酒造メーカーの遺伝子研究所が開発した百合の花で、写真で見るかぎりでは深い青の花貌であった。なにか心惹かれるものがあり、バッグの絵模様にしてみたいという衝動に駆られたのだった。

知り合いの花屋に尋ねてみたが、まだ置いていないという。雑誌では、すでに栽培されて販売を始めているとのことだったので、出回ってはいるはずだった。風間と新宿で逢うことになっていたので、早めに出てきて見覚えのある花屋を二、三訪ねたのだったが、やはり見つからなかった。店の者の話では、まだ数が少なくて注文しても入荷が遅いとのことだった。

孝子は、それならあとで御徒町の知り合いの花屋に頼もうと思い、駅の地下道を西口に向かう。待ち合わせの時間にはまだ小一時間ほどあった。

鞄売り場を見てみようと思い立ち、西口からすぐのデパートに入った。有名ブランドの広々したコーナーを幾つも通り過ぎたいちばん奥に、小さな「なでしこ」の売り場がある。

「なでしこ」の売り場近くまで来て、孝子は足を止め一瞬身構えた。こちらに横顔を見せた風間が、店員と話しながらバッグを物色している中年の女を見ていた。

孝子の目が、風間の顔の表情と、バッグを物色している女の手を追っていた。彼女の左手にはハンドバッグと、透明なケースに入った青色の百合の花が下げられていた。

反射的に孝子は通路の端に身を寄せた。

(きっと風間さんの奥さんだろう……)

そうと判断できるものは何もなかったが、孝子は風間の顔の表情から直観的にそう感じた。

やがて女は、エナメルをかけた幅広の革で編んだバッグを手に取り、店員に渡した。

店員が箱詰めを始めた。風間と話しながら微笑む女の顔を一瞬見つめ、孝子は通りに面した出口に向かって足早に歩いた。気のせいかも知れなかったが、歩き出す直前に風間がこちらを見たような気がした。

孝子はデパートを出ると都庁の並びのホテルに向かった。風間とはホテルのロビーの奥にある喫茶店で待ち合わせていた。

十一月も半ばを過ぎ、コートを羽織ったひとの姿が数多く見受けられた。通りの突き当たりにある公園の銀杏も、秋の装いを見せていた。女の顔の表情と、彼女が手にした青い百合の花が、孝子の目に焼きついていた。秋も深まり寒い冬が見えているとき、できれば目にしたくなかった光景であった。

ホテルの喫茶店に入ってコーヒーを頼み、半年ばかり前から喫いはじめたタバコに火をつける。苦さが体に滲みていった。風間と話していた女の顔がコーヒーカップに浮かんできた。歳は孝子より五、六歳上であろうか、長身でふくよかな、笑顔の美しいひとであった。つとめて触れまいと思ってきたことだったが、孝子はいまさらながら風間の背景を見せられた思いだった。

福島の温泉の宿で初めて風間に抱かれてから半年になろうとしていた。二年以上ものあいだ男を知らなかった孝子にとって、風間との一夜は狂おしい思いとなった。風間に組み敷かれ、それまで忘れかけていた女の渇きと平穏を鮮明に蘇らせていた。蘇った渇きは日が経つにつれ体に滲むようになり、潤いを保つために風間と逢うようになっていた。折りたたまれたあとで、上になって貪ることもあった。行為は回を重ねるごとに苛烈になり、容赦なく体に残った。そして、体は渇きを鎮めるかたちを脳裏に刻んで憶えていた。潤いが注がれ平穏がつくられていく過程で風間が孝子に仕掛ける配慮ある行為のかたちは、夫の陽一との間にはなかったことであった。

陽一と過ごす日々は何ひとつ変わらなかった。互いに仕事をもつ夫婦は、朝に顔を会わせて決められたような会話をし、夜は夜で、妻は夫が食べるか食べないかも分からない夕食をつくって先に休み、夫はいつ帰るとも知れずに帰ってきた。同衾しても、夫は妻に指ひとつ触れることはなく、妻もまたそれを望んではいなかった。たまに二人とも家に居合わせて過ごす日曜などは、互いに相手の存在を意識するあまり、変な気遣いを呼ぶばかりで気疲れがあった。このひとはあたしに何を見つけてこうして一緒に住んでいるのだろう、と考えることがあった。

陽一の女の存在が窺えるようなことにぶつかっても、回を重ねるごとに感情の走りも希薄になっていた。それは風間と逢うようになる以前からであったが、何のために夫婦でいるのか分からなくなるときがあった。だが、一緒に住むことで変な気遣いと気疲れが生じてくるといっても、罵声が飛んで口論が止まないわけでもなく、湿った空気が淀んだような間柄でも、壊れたわけではなかった。

入り口のドアが開き、にこやかな顔で風間が入ってきた。

孝子は風間の胸に頬を乗せ、いましがた段階的に山をのぼりつめた感覚を思い出していた。

「あたし、何か口走ったかしら？」

「言葉にならない声を上げていた」

「何を言ったか覚えていないの。生臭い女になったと思っているんでしょう？」

「そんなことはない。眺望心を掻き立てるような光景だったよ」

「恥ずかしいわ……。あたし、あなたと逢うようになって、女のひもじさがどれほどのものか、身をもって知らされたわ。初めて抱かれたときから、あたしのなかにもうひとりの女が棲みついてしまったの……。あたし、何事も平気で乗り越えてしまうような女になりそうで、怖くなるときがあるわ」

「なんだ、また何を言いだすのやらと思ったら、そんなことか。美しい花を眺めて、その花が美しいのはなぜかと考えてみても、ろくな答えは出てこないものだよ。美しいと思った花だから、また眺めたくなる、それでいいのだと思うがね」

「あたしは、眺められる女でしかないのかしら？」

「そんなことを言っているのではないよ。自分のなかに棲みついた女を見てひどいと思ったのかもしれないが、それは、女という体の構造が棲みつく女を生み出すのであって、ひどいどころか、むしろ喜ぶべきことではないのかな。棲みついた女が自分の分身でないと想像してしまうところに、無理が生じてくるんだよ」

「それじゃ、あたしがもっと生臭い女になってもいいのかしら?」

「だから、女が成熟する過程で生臭くなっていっても、ひどいことではないだろうと言っているんだよ」

「……」

孝子は、デパートで見かけた女についてそれとなく触れるつもりだったが、言いだす直前で言葉を呑んだ。

夫に纏わりつく生臭い女の存在を知らずに暮らす妻を話題にするにしては、あとの心の準備がなかったし、話題にしたところで、風間の背景がいちどに塗り替えられるわけでもなかった。

風間の手が胸に這い上がってきた。

孝子のなかには淀んで払拭されない感情が残っていたが、感情が霧散して油を打ったような状態になっていた。肢体から力が抜けていくのを覚え、眼を閉じた。

陽一は会社の正面玄関を出ると水道橋方面へ歩き、東京ドーム側から駅に向かう陸橋への階段を上がっていった。

路面から噴き上ってくるような風が吹いていた。斜め後ろに高層のホテルが建ってから、この辺りは風が巻いて吹くようになった。街路灯がほのかに路面を照らし、靴音を風が浚《さら》っていった。

「ちくしょう、あの井上の野郎、いざとなったらさっさと逃げやがった。早売りをさせておきながら、なんとしてでも予定通り稼働させてもらえとは、開いた口が塞がらないよ。知ったことか！」

陽一はひとり吐き捨てるように呟くと、路面を這う紙屑を蹴散らした。誰にぶつけられるものでもなかったが、やり場のない怒りが滾《たぎ》っていた。波風はあったにしろ、揺るぎなかった井上への信頼感も消え失せていた。なるようにならない事態の解決を押しつけて、自分のことしか考えない奴だと思った。

陽一は陸橋の中ほどで携帯を取り出すと、会社の裕子にメールを打ちはじめた。が、苛立ってきて途中でやめ、電話をした。長いコールサインののち電話に出た裕子に、先に行っているからなるべく早く来てくれ、と伝える。裕子は、残業であと三、四十分かかると言った。

水道橋から電車に乗ってお茶の水で降りた。

陽一は駅前の通りを歩いていった。いつからか通い慣れた道になっていた。考えてみると、この通りを行くときには決まって何かを抱え、抱えたものをホテルで裕子にぶつけて通りを返していた。

（裕子はこれまで、この通りを行くときに何を考え、ホテルでひとときを過ごしたのち、どんな思いでこの通りを返していたのだろうか……）

これといった執着の素振りも見せず、何かをぶつけるように貪るだけの男を、裕子はいつも温かに包み込んだ。仕事の軋みが高じてくると裕子と逢う、という狎れには無慙《むざん》なものがあった。貪る男と受け入れる女の間には、情欲だけでは片づけられない無慙なものがあったが、いつからか何かの取り決めごとのような習慣になっていた。

ホテルの前の花壇で、白い小菊が夜風に体を震わしていた。

裕子は、ホテルの部屋に入るなりいきなり陽一に抱き竦められ、長く口を塞がれた。激しく舌が絡み、鼓動が高じて息苦しかった。陽一には、これまでにはなかった救い難い苛立ちのようなものが感じられた。

やがて、裕子はベッドの端に腰を下ろし、ハンドバッグからタバコを取り出して火をつけた。

「部長とあなたが話していたようだけど、何かあったの？」

「例の新橋の病院の売上物件だけど、病院側が、医局の受け入れ態勢が整わないからと言って、本稼働時期を半年延ばしてきた。なんとか国税の監査を掻い潜ったのに、模様眺めだったリース会社も、手形をよこす矢先に慌てて引っ込めちまったよ。あの井上の野郎、空手形でも何でも貰ってこいの一点張りだ。回収遅延の騒ぎがおっかないだけの、つまらない奴だよ」

「そうなの……。早売りの金額が金額だから、表に出たら大騒ぎだわね。もっとも、倒産したスーパーの件で騒動になっている流通営業部には及ばないけど……」

裕子はタバコの煙を吐き出し、表情ひとつ変えないで言った。

「おまえまで、ひとごとみたいに言うなよ……」

「こんなときですもの、事の大小はともあれ、どの営業部でも抱えていることよ。契約が破棄されたわけでもなし、遅れて入金するだけのことじゃないの……。なるようにしかならないわよ」

「おまえという奴は……」

「だって、そうでしょう？　初めからスレスレのことをしていたんだから、ここに来て、ならないことをどうこうしようとしたって仕方がないでしょう。さあ、いつまでもそんな顔をしていないで、あたしを抱きなさいよ……」

裕子はスーツを脱ぎ、陽一の眼の前でブラを外した。

陽一は裕子を引き寄せると荒々しく乳房を揉み上げ、臀部にはりついた薄物を擦り下ろした。

「そんな顔はあなたには似合わないわ、早売りをしろと言ったのは部長なのよ。あの部長は小心者なんだから、散るも諸共ぐらいな気持ちでいればいいのよ」

裕子はベッドに体を横たえると陽一を見上げて笑みを浮かべ、ゆっくり脚を開いた。

「裕っ、この体は俺のものだ！」

「そうよ、あたしはあなたの女よ。気持ちがふっ切れるまで、あたしを抱くといいわ」

裕子は陽一に体を被せると激しく口を重ねた。

四

孝子は「なでしこ」の工房に出かける用意を済ませると、ベランダに出て鉢植えの山茶花《さざんか》に水をやった。山茶花は孝子が結婚した年に求めたものだったが、いまでは孝子の背丈ほどに大きくなっていた。ここ八年のあいだ、白に赤が滲んだ花を欠かしたことはなかった。

陽一と知り合ったときのことが思い出された。

代々木公園のフラワー・フェスティバルの会場で、孝子が目にとまった山茶花を見ていると、背後から「買わないのなら僕に譲ってくれないか」と言った男がいた。陽一だった。譲ってくれと言われると余計に欲しくなって求めたまではよかったが、鉢がかなり大振りで運ぶのがたいへんだった。

すこしばかり恨みがましい顔をしていた陽一だったが、見かねてタクシー乗り場まで運んでくれた。だが、乗り場には長い行列ができており、結局は陽一が、当時孝子が住んでいた田端のマンションまで電車で運ぶハメになったのである。このことがきっかけで交際が始まった。

山茶花は年々背丈を伸ばし、四年前に大きな鉢に植え替えていた。

孝子は水をやり終えて部屋に戻り、椅子に座ってタバコに火をつけた。山茶花の葉は朝日を受けて輝き、白い花弁がその叢る緑に染まっている。

昨夜帰らなかった陽一のことが思いやられた。帰らなかったこと自体はどうでもよかったが、仕事がたいへんなのか、どこか燃え尽きて生気を失くしたような姿が哀れだった。最近は、散り残った花を散らしに行くような言動が目立ち、壊れていくものを承知で静かに眺めているようなところがあった。が、孝子は救いを求められているわけではなく、また救える手立てがあるわけでもなかった。べつに心痛むような感傷があるということでもなかったが、一緒に住んでいるからには、やはり思いやられた。

結婚生活と同年を経て見事な木に育った山茶花が輝いて見えた。

孝子はタバコを喫い終えると、実家の工房に三日ほど行くと陽一に伝言を書き、部屋と台所を見回って玄関に佇んだ。見慣れた家具や調度品、部屋の様子は何ひとつ変わっていないのに、なぜかもう帰らぬ部屋を見ているような気持ちに陥った。

住まいを出て、銀座線の稲荷町から上野に向かった。

孝子は実家の前でタクシーを降りて工房に向かった。

貯木場に大型のトラックが停まり、クレーンが動いていた。綿入れの着物にもんぺ姿の浩平が、山守たちの作業を傍らで見守っていた。

山林の伐採がたけなわのようであった。杉や檜の水の吸い上げが鈍る晩秋から春先までが切り出しに適した時期だが、この地方の山林は一月から三月まで雪に覆われることが多く、伐採は十一月下旬から十二月のひと月間に集中して行なわれた。

工房では義輝たちが弁当をつかっていた。挨拶してガラス戸越しに囲炉裏の間を見ると、織り手の早苗たちが台所に立っていた。昼時で、山守たちに出す吸い物などをつくってくれているらしかった。

伐採や下刈、植えつけなど山守たちが忙しい期間は、浩平の食事の世話をしてもらっている隣家のよし江に賄いを頼んでいるのだが、今日は都合が悪いのか顔が見えなかった。

孝子は荷物を居間に置いて台所に行き、早苗たちと一緒に昼食の用意をした。豚汁と漬物の用意ができたところで、外に出て浩平に声をかけた。

外から戻った浩平が囲炉裏端に座り、テーブルを見回してから茶碗を手に取った。

「今日は、風間さんと一緒じゃなかったのか?」

「今回は仕事に追われるから、相手になれそうになかったの」

「そうか。義輝に訊いたら、革で拵えるものが増えてきていると言っていた。なんとかなっているようだな……」

「中世のヨーロッパ調のものをつくってみたら、とても評判が良かったのよ」

「そうか。まあ、なんとかなっているようなので、驚いていたところだよ」

「まあーっ、お父さんったら……」

浩平は冗談を言う一方で嬉しさも覗かせていた。自分と同じ絵心をもつ末娘が自慢のようであった。

孝子は、子供のような笑顔を見せる浩平を見つめながら、風間と逢う約束になっていることを言えない自分が後ろめたかった。そう遠くもない温泉に泊まるのであれば、温泉好きの浩平と一緒に泊まってもよかったが、いまの風間との間柄ではそうもいかなかった。昼食ののち、孝子は工房に入った。

「なでしこ」では、営業の山下が、横浜駅西口のデパートと伊勢佐木町の専門店に販路を開いていた。どちらからもかなり纏まった注文があり、とくに、シープスキンの革で格子状に編み上げたものにエナメルで彩色したバッグは、納期を急がねばならなかった。風間のアドバイスで手がけた山椿の赤と緑、そして露草の青を基調に彩色したものが好評だった。山下や斉藤の営業手腕が勝り、工房に手薄感が見えて拡充に迷うところだった。

孝子は終日工房で仕事に追われた。

昨日は都合で休んでいた隣家のよし江が、今日は朝から台所に入っていた。特定郵便局長の治男もすでに顔を見せ、新聞を読みながら茶を飲んでいた。治男は夏に風邪をひいて体調を崩して以来、浩平に言われて一緒に食事を摂るようになっていた。単身赴任のバランスを欠いた食生活が風邪に負ける体にしてしまった、という浩平の言い分だった。

打ち合わせを終え、トラックとワゴン車で山林に出かける山守たちを見送っていた浩平が戻り、朝食にした。焼いた鮭に、薇《ぜんまい》とヒジキと油揚の煮付け、白菜に豆腐と茸を入れた味噌汁が運ばれてきた。炊きたての、新米のご飯の香りが食を進めた。

「旨いコーヒー豆が手に入ったから飲ませてやる」

朝食を終え、後片づけが済むと、浩平が孝子に言った。

浩平は居間に行き、豆を挽いて沸かした。ジャマイカ産の豆で、旅行に行った東京の友人が送ってよこしたのだという。

「孝子は山林をやってみる気はないのか?」

カップに注いだコーヒーを娘の前に置き、父が訊いた。

「お兄さんたちのなかから、誰も言ってこないのですか?」

「だめだな。材木を売って金を貰うことは知っているらしいが、旦那に家業を継げなどと言う嫁は一人もいない。おまえの兄さんたちのためだと思って受けさせた教育だったが、どれも都会で働きだして、この家には役立たずな嫁ばかりもらうハメになった。山林の経営という面には無益な教育だったらしい」

「女のあたしでは無理ですよ」

「そんなことはない。植付けと伐採を順繰りにやればいいんだ。しょっちゅう山に入らねばならないわけではないんだよ。型通りのことをやるだけだから、二、三年一緒にやれば難しいことではない。それに、おまえの工芸の仕事も併せてできるじゃないか。この村にはこれといった仕事の場もないし、仕事を拡充していけば、もってこいの話だろう。手助けはいくらでもできるからな……」

「住まいだって、お店を出すときの資金だって、ずいぶんと出していただいたわ」

「仕事をするには、金も使わにゃならんじゃないか……。幸い、なんとかなっている状況だから、心配は要らんのだ。俺もここにきて粘り気がなくなってきてな。以前からおまえのその手先に希望を繋いできたんだが、どうだ、真剣に考えてみてはくれないか？」

「お父さん……」

初めて聞く父の言葉だった。絵筆を持つ娘の指先を見て希望を繋いできたと言われてみると、還暦を過ぎて久しい今日まで、後継者を持てないできた父の無念さが、孝子には手に取るように分かった。

工房の拡充についてはまだ迷うところがあったが、いまのところ注文をさばくうえで手薄感は否めなかった。いずれ考えなくてはならないだろうと思った。

孝子は話しながら父が淹れてくれたコーヒーを二杯飲んだが、二杯目は、浩平の内面がより鮮明に見えてきて苦かった。考えてみると母が亡くなって十数年になるが、子供が一人もいないわけではないのに、よくもこんな家に独りで過ごしてこれたものだ、といまさらながら思った。女であることで逃れられると思っていたわけではなかったが、兄たちの自分本位な生き方が恨めしかった。

孝子は浩平と話したのち工房に入り、夜遅くまで仕事に没頭した。

翌日の午後は晴れていたが風が強かった。孝子は三時半に磐梯熱海の駅で風間を出迎え、宿に向かった。

部屋で少し休んだのち、宿の西側の小道から五百川のほとりの遊歩道に下りた。

川の向こう側の山肌を風が渡り、葉を落とした裸木が揺れていた。水嵩を減らした川面が斜めになった日の光を砕いている。川面を吹く風はかなり冷たかった。

「枯葉が舞う季節になってしまった」

「そうね、ここでは季節の移ろいが鮮明だわ……」

しばらく林のなかを行く道になる。遊歩道からいちだん下がった雑木林で、山雀の群れが白い腹を見せて飛び交い、熟れて粉がふいた山葡萄の実をついばんでいた。ときどき巻き上がって吹く風に木々の梢が鳴り川音が途絶える。

小道の傍らで、孝子の背丈ほどのナナカマドが熟れた赤い実をつけていた。

林が切れ、右手に河原が広がってきた。下草が枯れた古い川岸の土手を河原に下りていく。

蕭条とした光景であった。緑のすすきが茂り、絹のような光沢の花穂が揺れていた河原は、見渡すかぎり枯れた尾花で埋めつくされ鎮んでいた。二人は、夏の初めに来たときに座った平岩に腰を下ろした。

「ここから眺めていると、過ぐる春が思われる、だね」

「そうね、枯れた下草から春の息吹が聴こえるころ、もういちどこの場所に来てみたいものだわ……」

古い川岸の土手を見上げていた風間が孝子の目を見つめ、背に腕を回して唇を重ねてきた。コートの合わせ目から入ってきた手がセーターをたくし上げ、乳房を握る。乳房に伝わる掌の冷たさが、絡まる舌の熱さを掻き消していった。

（このひとはあたしに何を見つめているのだろうか……）

笑顔が美しかった女の顔が脳裏を過《よぎ》った。

「胸が凍えてしまうわ……」

孝子は口を離すと風間を見つめて言った。

「これは気づかなかった……。すすきが擦れ合う音を聞いていたら、ついわれを忘れてしまった」

「そうやって、いつも眺めて愉しんでばかり……」

「美しいものを眺めたいと思うのは、理に適っているんだよ」

「眺めるだけの対象ということもあるわ。褒められているのか、貶されているのか分からないわ」

「僕は単純明快な人間だよ。涸れているかもしれない河原に、いつか見た流れを眺めに来るような男だからね……」

対岸の発電所の建物が上部を残して陰っていた。日の光が山の端にかかっている。風が凪いだ河原に陰が走った。

「空気が冷えてきたわ」

「湯に入って温まるとしよう」

風間に手をとられて、河原から川岸の斜面をのぼる。土手を埋めつくす立ち枯れたすすきが、夕暮れのなかでほの白く鎮みきっていた。

土手を半分ほど上がったところで、枯れ草に紛れそうな小さな花貌が目にとまった。花弁の先が五つに分かれた竜胆《りんどう》であった。

花の色が目に滲んだ。孝子は屈んで花弁に触れてみた。逝きかけた花のいのちが静かに冬を見つめているようであった。枯れた下草の息吹が聞こえてくるようであった。

「何かと思ったら、濃紫の竜胆か。部屋に持ち帰って眺めればいい」

「いいえ、ここで咲いていていてほしいわ……」

孝子は風間を見上げてそう言うと立ち上がった。

日が陰った遊歩道には冷えた空気が淀んでいた。

玉砂利を敷き詰めた階段を上がっていくと、明かりが灯った宿の庭が広がっていた。

孝子は弛緩した体を蒲団に沈めていた。折りたたまれ、叫んだのちに気を失っていた。透明感のなかで目覚めたが、体の片隅に、輪郭のぼやけた惑いのような冷えた塊があった。

「ねえ、抱いた相手が逃れられない女になっていくと思ったら、男の人って、きっと逃げ出してしまうのでしょうね? あたし、このごろ、自分のなかに逃れられない女を見ることがあるわ」

「逃れられない女?」

「ええ、寒凪のような女が目障りだと言って、あなたが目立たなくしてしまった女のこと……」

「なんだ、そんなことか。寒凪のようなひとだとは言ったが、目障りだとは言っていない。君は、まだまだ目立っているよ」

「あなたはそうして、いつもあたしを眺めてばかり。眺められる女は、あなたが考えているより切実だわ……。ほんとうに生臭い寒凪になってしまったら、こんどはどうするつもりですか?」

「生臭い女になってもいいのかとか、もっと目立たなくなったらどうするんだとか、このごろ君の言うことが気になっていたんだが、もしかしたら、『なでしこ』の売り場で、僕が女房と一緒にいるところを見たんじゃないのか?」

「あら、やっぱり気づいていたのね……」

「チラッとだったが、通路を横切っていく君を見たような気がしたんだ」

「気づいていたのに何も言わないで、知らん顔であたしを抱いていたんですか?」

「何もそんなに、急にむきになることはない。君だって何も言わなかったじゃないか……」

「ああいう場に遭遇したら、女からは何も言えないわ……。とてもおきれいな奥さまでしたわ。なのに、どうしてあたしを抱いてしまったんですか?」

「端正な表面に内の歪みが透けて見えるひとだったから、大いに気がかりでしようがなかった」

「未成熟な女がどのように変わっていくのか、眺めて愉しんでいたんでしょう。女の歪みが透けて見えるからといって、晒されて眺められたら、逃げ場がなくなってくるわ。あなたはご自分が創り上げた女の体を眺めて悦に入っているのでしょうが、あたしはあなたの作品ではないわ。あたしが何もなくなって狂ってしまったら、どうするつもりですか?……」

「なんとも、いとも簡単に恐ろしいことを言ってしまうひとだ。ものごとをあまり突き詰めて考えないことだ。自分を追い詰めるのも良くない。君は自分のことを未成熟な女だと言ったが、僕だっていまだに未成熟なんだよ。関わりをもった男と女は共に成熟していく。成熟途上の男と女の間には、余計な感情など入り込む隙間はないのだよ」

風間は孝子を引き寄せると片膝を立てさせ、脚の間に手を滑り込ませた。

「ああっ、狡いわ。ひもじさを掻き立てるようなことばかりして……」

「ひもじさを知ることで、初めて本物の寒凪になれるんだよ」

風間の指が入ってきたとき、孝子は抗えずに肢体から力を抜いて眼を閉じた。

横たわる女の首の下に左手をついて体重を支える男が、女の腿に脚を絡め、迫り出した乳首を唇で扱《しご》いている。女の股間は絡めた男の脚で大きく広げられ、茂みの下に差し込む男の指が動くたび、耳に粘りつくような卑猥な音を奏でていた。

白い体がうねりだし、男の首に両腕を巻きつけた女が貪るように口を合わせ、乳房が折れ曲がるほど密着して舌を絡めている。

やがて男と女の体が縺れて回り、上になった女がふくよかな大腿で男の腰を挟んだ。キラキラ光る妖艶な目がじっと見下ろしている。後ろ手で男のものに手を添えた女が一気に腰を沈めていった。

脚の間を密着させた女が、白桃のような臀をぐるぐる回している。背が反って突き出す乳房を男の両手が荒々しく撫であげる。眉間を歪めて顎を突き出す女の目は虚ろで、捲れて半開きになった唇の間から言葉にならない声が洩れだした。見上げる男の目には真剣みが溢れていた。

（このひとは渇きと至福の間を浮き沈みしながら、逃れられない現実に苛まされているのか。まるで、ほんとうに狂うかもしれない女を見せつけるような体の表情だ。いや、そう見えるのは、俺がこのひとにどっぷりと魅せられてしまったからかもしれない。それにしても、この体の反応は清艶という一語に尽きる。体の隅々にまで何憚ることなく自分を露にしている。こんなに美しい体に手が届くことは、もう二度とないかもしれない……）

（ああ、体が舞い上がっていく。なんてきらびやかで容赦のない華やかな世界だろう。あたしはもう、このきらびやかで華やかな世界から抜け出せなくなるかもしれない……）

腰の括れに手をかけて引き寄せた男が小刻みに股間を掬い上げた。

「あーっ、あなた、どうしてあたしを抱いてしまったの！」

男の上で大きくうねった白い体がやがて崩れていき、ぐったりと動かなくなった。


陽一は、ベッドを抜け出すとパジャマの上にカーディガンを羽織り、居間に行ってソファーに腰を下ろした。市販の風邪薬が効いてきたのか、昨夜から続いていた熱がようやく下がったようだった。今朝はいつものように目覚めたが、足元がふらつくほどの熱があり、久し振りに会社を休んでいた。

昨夜から控えていたタバコをとって火をつけた。斜めになった日の光がベランダを照らしている。喉に痛みを残し、やがて血液に運ばれて体の隅々に滲んだタバコが、徐々に気だるさを取り去っていった。

仕事上の売上未達の問題は大事になっていた。十五億もの売上未達は一販売部の領域に留め置けるものではなく、いまや会社としての大問題になった。陽一も上司の井上も、窮地に立たされていた。

職場で刺々しいやりとりが続いて嫌になり、気がついてみると裕子と二晩過ごしていたが、家に帰ってみると妻は実家の工房に出かけていた。几帳面な文字で、温めれば食べられるものがメモに書いてあったが、風呂に入ったあとで近くの飲み屋に出かけた。湯冷めが祟ったのか、夜半からひどい悪寒に襲われたのだった。

ベランダで山茶花がいまを盛りと咲いている。

（ずいぶん大きくなったものだ、あのときから何年経ったのか……）

陽一は日ごろよく眺めることもなかった鉢植えをじっと眺めた。初めて孝子と会った日に、電車で田端の彼女の住まいまで山茶花を運んだときのことが思い出された。

陽一はひとり苦笑すると、昨夜帰宅してざっと目を通し、テーブルの上に置いたままにしてあった孝子のメッセージ・カードを、もういちど読み返してみた。

(俺はこれまで家庭も顧みずに、あれもやりこれもやりして来たが、一つとしてやり遂げたものがない。いったい何をやってきたと言うのだ……)

日々のなかで、たおやかで慎み深い妻の生活態度は昔も今も何ひとつ変わっていなかった。何かが狂ってしまったのだろうが、こんなはずではなかったと思った。追い詰められて行き場を失くしたからというわけではなかったが、気がついてみると、唯一救いを求められる対象が遠のいてしまっていた。どこかで遠のいていく足音は聞いていたが、しかし、ただ漠然とだが、足音が途絶えるとは思ってもいなかった。

タバコを吸うたびに喉に痛みが走った。細く立ち昇る煙が静かに揺らいでいる。煙は一定の高さまで立ち昇ると、急に拡散していった。

課長職昇進試験の準備で、会社役員を前に課題発表するリポートを手に妻の孝子に説明を聞いてもらい、感想を述べてもらったことが昨日のことのように思われた。

(どうしたものか……)

陽一は身の振り方を考えた。仕事にそこそこ結果がついて回っているうちは良かったが、いちど軋み出すと、自分でも驚くほどの速さで足元の砂が崩れていった。いまさら考えることではなかったが、閑職に甘んじて転属に応じるか、辞表を出すか、の二つに一つだった。ついこの間まで失うことのなかった仕事の躍動感が、いまは泡沫のように消滅していた。

部屋を見渡すと変わらない思いが見えてくるのに、いまはひどく広い部屋に感じられ、いたたまれなかった。自ら招いたことだったが、やはりここには自分の居場所がないように思えてきた。

もう夕方の五時半を過ぎていた。陽一は裕子にメールを送り、ふらつく脚で立ち上がった。裕子に逢ってどうなるものでもなかったが、いまは彼女のところしか居場所がなかった。

五

孝子は御徒町にあるデパートの前の交差点で信号待ちをしていた。信号の先の花屋に青色の百合の花を頼んでおいたのだが、心待ちにしていたものが入荷したと連絡があり、急いで受け取りに行くところだった。明日から「なでしこ」の工房に出かけることになっていて、バッグの絵柄を描くのに現物を見て構想を練られるのが嬉しかった。

信号を渡って二百メートルほど先の花屋に入った。

「やっと入荷したものですから……」

孝子の顔を見るなり、知り合いの花屋の女主人が笑顔をつくって言った。

「嬉しいわ、とても心待ちにしていましたの」

渡された花の絵のついた紙器を開けてみると、青色の百合が一列に五本並んで入っていた。酒造メーカーの遺伝子研究所が開発したという代物だったが、まるで宝物を扱うような演出であった。だが、孝子はやはり嬉しかった。花貌は心待ちにしていた甲斐のある深い色合いで、バッグの絵柄のイメージが湧いた。「なでしこ」に戻ったら、さっそく下絵を描いてみようと思った。

孝子は、花の入った紙器を大事に抱えて花屋を出たが、歩きはじめて顔を上げたとき、地下鉄大江戸線の出口から現れて前方を行く、街着姿の男の背に目が行った。腕時計を見ると、午前十一時を少し過ぎていた。

(あの見慣れた背中は陽一だわ……。こんなところで何をしているのだろう。もしかしたら会社を辞めてしまったのか……)

われ知らず、一定の間隔をおいて跡を追う。陽一は、孝子が仕事に出ている時間帯を選んで何かを取りにぐらいは家に立ち寄っているようであったが、去年の暮れから家に寄りつかなくなっていた。交差点に差しかかった。

陽一は信号を渡ると、デパートの脇の路地を入っていった。

孝子は道路を隔てて立ち止まり、路地に入った陽一の背を目で追った。やがて陽一は、路地の中ほどにあるラーメン村に入っていった。

孝子は夫の姿が消えた路地をしばらく見つめていたが、やがて歩きだした。思いもよらない光景を見てしまい、心が揺れた。

陽一は女のところに転がり込んでいるらしかったが、孝子は女の住まいがどこなのか知らなかった。仕事をしている様子もなく、妻の店からそう遠くもないところを歩き回る夫の神経を測りかねた。どこか投げやりな夫の背の表情が目に焼きついていた。

去年の暮れも押し迫った御用納めの日の夜だったが、孝子が仕事を終えて家に帰ると、台所のテーブルの上にメモ紙が載せてあった。手に取って見ると、

思うところがあってしばらく家を空けることになりますが、
家の鍵は、しばらく持たせてください。

という陽一の書き置きだった。

書き置きを目にしたとき、孝子は、夫は女のところに行ったのだろうと思った。結婚記念日以来、夫の仕事の状況を聞くことはなかったが、日々に目に見えて深まっていた翳りから、良い状態ではないと感じていた。夫のクローゼットを調べてみると、街着と背広が二、三着なくなっていた。遠出に使っていた鞄も見当たらなかった。もうずいぶん以前から、いつ起きても

おかしくない事態ではあったが、いざ現実に起こってみると、やはり心が激しく揺れた。

陽一が家を空けてひと月が過ぎたころ、孝子は会社に電話して、夫とこれからのことについて話をしようとも思ったのだが、つまりは考えあぐねて連絡しなかった。家を空ける間近のなにか思い悩んでいるような様子から、陽一は会社を辞めたかもしれないと思ったのだ。また、辞めていないならいないで、どこに住んでいるのかぐらいは訊いてしまうだろう。訊いたところで、どうするか考えがあるわけではなかったが、そうした電話のやりとりは、いらぬ噂になりかねないとも考えた。

孝子のなかでは、なんの話もなく紙切れ一枚置いて家を出ていった夫に対する失望感や、そんな男に捨てられかけている妻の立場の悔しさが波立っていた。もしかしたら何か身に纏わる異変が起きたのかもしれない、などと思う気持ちも交錯し、陽一に問いただす踏ん切りがつかなかった。あれこれ考えたあげく、まだ家を空けてひと月なのだから、こちらから騒ぎ立てることではないのかもしれないと思うようになった。

だが、そんな気持ちで思い止まってさらにひと月が経つと、不思議なことに、夫が家を去った事態を冷静に見つめられるようになっていた。三月も末の今日、思いもよらないかたちで陽一を目撃してしまったが、彼が負ってしまった傷を自分で広げているように見えたことが気がかりだった。陽一とはいつからかこんな間柄になってしまっていたが、いちどは心ときめかした相手であった。

（それにしても、あたしから逃げのびた陽一が身を寄せる相手の女は、どんなひとなのだろうか。心の外に追いやったはずの屈辱感がささくれのような痛みで蘇っているのはどうしてだろうか……）

これまであまり考えたくないこととしてきたことが、頭に浮かんでくる。いつからか欲情すらしない間柄の夫婦になっていたが、陽一が逃げのびた先の女は、こちらが持っていないものをもっている人なのだろう……。やはり体のなかに、虚しくてやり切れない思いがあった。

孝子は「なでしこ」に戻ると、営業の山下と、青い百合の花を絵柄にした新しいバッグの構想を語り合った。山下は花瓶に活けた青い花貌を見つめながら、少しばかり興奮気味に考えを述べていた。

しかし、山下と話をしている間も、孝子の心は穏やかではなかった。

三カ月ぶりに陽一の姿を見て最初に頭を過ったのは、夫の背後にいる女のことであった。女と一緒のところを目にしたわけでもないのに、女が見えていた。女が見えたのは、以前から陽一に女の痕跡が見えていたからであったが、風間という男に対する孝子自身の狎れが見させたとも言えた。男に狎れた自分の感情が直截に夫の女を類推させたと気づいたとき、私はここまでの女になってしまったのか、と孝子は、自分のことは棚に上げて陽一を叱責するような態度に出た自分が堪らなく嫌だった。

孝子は山下と絵柄の話をしながら、目にする青い花貌に風間の家人の顔を浮かべて見ていた。やがて、穏やかな家人の顔に、なぜか狡猾そうな笑みを浮かべた風間の顔が重なってきた。知った者と知らない者とはいえ、互いの立場には危うい足場しか残されていないように思えた。


庭の植木でもあろうか、雪折れのような音で孝子は目を覚ました。戸外に風はないようであったが、冷えて冴えた空気が張り詰めている気配があった。

(三月も末だというのに、雪かしら?)

隣の蒲団を見ると、父の浩平はすでに起きているらしく姿がなかった。六時を少し過ぎていた。

孝子はパジャマの上にカーディガンを羽織り、座敷の障子を開けて廊下に出てみた。床の冷たさが足裏から上がってきた。

カーテンを開けると、庭を覆う雪の白さが目に飛び込んできた。十五センチは積もったろうか、春の雪にしては珍しくサラサラした感じの雪であった。昨夜は遅くまで工房に入っていたが、夜半に休むときにはまだ雪になっていなかったから、朝方になって降り積もったのだろう。雀でもあろうか、土蔵の軒下から庭を横切った小さな鳥の足跡が見えた。

屋根から雪が滑り落ちた。雪折れだと思った音は、雪が屋根を引っ掻く音であった。

孝子は着替えると寝具を畳んで押し入れに上げ、居間に行った。

浩平が新聞を読みながら淹れたてのコーヒーを飲んでいた。

「雪になってしまったよ」

「春の雪なのに、こんなに積もってびっくりしたわ」

「昔はめずらしくなかったが、ここしばらくはなかったことだ」

浩平は新しいカップにコーヒーを注いで孝子の前に置いた。浩平は雪に恐れをなしたのか、いちど仕舞った綿入れの和服を出して着込んでいた。

台所で物音がしていた。

「よし江さん、来てくれているんですか？」

「雪だというのに、ありがたいことだ」

「あたし、お手伝いしてきます」

孝子は囲炉裏の間に行き、よし江に手をかして朝ご飯の用意をした。よし江は、高野豆腐と椎茸に薇を加えた煮付けをつくっていた。

ネギを刻んでいれた玉子焼きと味噌汁が出来上がったころ、局舎の周りの雪掃きを済ませた郵便局長の治男が、朝食を摂りに顔を見せた。よし江を交え、石油ストーブが燃える囲炉裏を囲んで朝食を摂る。

食事が済むと孝子は工房に入り、義輝たちが暖かなようにストーブに火を入れた。それから居間に移って浩平とお茶にし、ひとときを過ごした。

九時近くになって雲が切れ、陽が差しはじめた。解けだした雪が頻繁に屋根を滑り落ち、庭木の小枝が勢いよく雪を振り払っていた。

孝子は、昨夜描き上げたバッグの絵柄を父の浩平に見てもらった。

「人工的な色に培った花のようだが、できるだけ具象化して、なんの花か分かったほうがいいと思うな」

「自然にない色は納得できませんか?」

「咲いてしまった生身の花だろう……。人の手を加えて創った色だとか、自然界の色だとか言うまえに、花を見つめることだと思うな。写真なら色が走ってもことさら違和感はないが、絵はそうもゆくまい」

「分かったわ……。きっと、無意識に感情移入が過ぎていたのね。色彩にばかりこだわっていたわ」

「老いた感性を述べたまでだ、あまり気にしないほうがいい」

「そんなことはないわ。動かしようがない普遍のことって、ありますもの……」

孝子は昨夜描き上げた三枚の花の絵を改めて見直してみた。浩平が言うように、いずれも花貌を希薄にする色ばかりが迸っていた。

「ところで、山のことだが、少しは考えてくれたか?」

「ええ、真剣に考えたわ。考えて躊躇《ためら》いましたが、お父さんが言うように、あたしでもできることならやってみようと思いました。いまの仕事を続けてもいいと言ってくださったことも幸せでしたわ」

「そうか、そうか、決心してくれたか……。春先に雪が降ると、その年は豊作だという言い伝えがあるが、さっそく良いことが起こったわけだ」

「そのかわり、覚えが良くない娘ですから、しっかり教えてくれないとだめですよ」

「なに、大したことをやるわけではない。決まった作業を覚えてしまえば済むことだからな」

「陽一とも話をして、今度の苗木の植付けのときから、お父さんと一緒に山に入りたいと考えています」

「しばらく顔を見ていないが、あの男はいまの仕事を続けていくと言うだろう。まあ、孝子がここと東京の店を行き来するのだから、いまと変わらない生活と言える。これといって異存はないだろう」

「ええ……」

浩平は陽一のことについてはあまり気にかかってはいないようであった。自分の跡取りを見つけた喜びで、他のことが霞んでしまっているのだろう。

孝子は、陽一との間が別居状態にあることを話そうと思ったが、話せなかった。これまで、めったに顔を見せない陽一について触れまいとしてきた父であった。それは、娘夫婦の関係に何かを見ていたからであろうが、陽一が女に走ったことを話せば、孝子も男に走った事実を隠せなかった。しかし、そのうち、いちどは陽一と一緒に浩平と話さなければならないだろうと思った。

午後になって、孝子は家の周りを歩いてみようと思い、長靴をはいて戸外に出た。家の裏の竹林を眺めたのち、雑木林の小道に入る。

(あの山椿は花を広げているだろうか……)

孝子は、去年の早春に風間と一緒に見た山椿を思った。あれから一年が過ぎようとしていた。

風間とは、仕事のことでは顔を合わせても、ここ二カ月間は逢っていなかった。二月の初めに、梅を見に伊豆へ行かないかと風間に誘われたが、孝子は陽一との現状を話し、そういうときだからと言って風間の誘いを断っていた。憚られながらも陽一との現状を話したのは、ある意味での風間に対する牽制でもあったが、半ば自分に対する覚悟を見出したい気持ちからでもあった。

　風間と逢瀬を重ねて見えてきたものは、めくるめく思いと、めくるめく思いに裏打ちされた渇きだった。風間に逢って渇きを癒すというかたちは、やがて女の平穏を保つための秩序となり、秩序は容赦なく妖艶な渇きを呼んだ。逢うたびに研ぎ澄まされていく体感のなかから生まれたものは、研ぎ澄まされる過程で体に沈殿した、のっぴきならない澱のような哀しさだった。

　しかし、行為という容赦のないかたちで女体の感性を創り、創られていく女体の変貌を眺めることに愉しさを見つけている男にしてみれば、相手が変貌の末に狂ったところで、迷惑な話以外の何物でもないだろう。風間とこの小道を歩いてから一年しか経っていないのに、傍らで雪に覆われた冬草のように、枯れる時期などには無頓着で、ただただ春の日に希望を繋いでいたころが懐かしく思えた。

　解けずに残った雪がまだらになっている雑木林で、山椿は紅い花弁を広げていた。孝子は雪を踏んで雑木林に入っていった。大木の椿は日の光のなかで葉が輝き、まだ芽吹き浅い雑木林のなかにあって、そこだけ青々と繁っていた。雪の重みで落ちたのであろうか、紅い一重の花弁が白雪の上に数多く散乱していた。

花は去年とすこしも変わらなかったが、見つめる目に移ろいがあった。去年、眺めた花には希望があったが、いま眺めて見えてきたものは変わり果てた女の姿だった。

木々の小枝を鳴らして風が吹いている。孝子には、小枝を鳴らす風の音が女の叫びのように聞こえた。心が軋み、ささくれのような痛みに包まれていた。

孝子はもういちど椿を見上げると踵を返し、小道に戻っていった。

やはり心が揺れていた。

家に戻ると、孝子は工房に入った。


庭を覆っていた雪は夕刻までにはだいぶ解けていたが、陽が陰るとともに風が強まり、やがて雨を伴ってきた。そして、孝子が風呂をつかって床に入るころには雷が鳴りはじめ、闇を刻むように稲妻が走った。

父の浩平は雷など知らぬげに安らかな寝息を立てていた。

孝子は寝つけないまましばらく床に横になっていたが、やがてそっと起き出すと、台所で牛乳を温めて居間に行った。

窓のカーテンを少し開いて外を眺めながら飲物をいっぱい口に含む。雷鳴は遠のく気配もなく、短い周期で闇に閃光を走らせていた。雪の上に落ちた椿の花弁が目に浮かぶ。閃光に何度も体を打たれても去らない渇きがあった。

孝子はソファーに座ると、カップを両手で包んで口に運んだ。風間と逢瀬を重ねた日々が見えていた。

川に翻弄されるようにひたすら身を浮かべてどこまで流され、いまは行き着いた川岸を眼前にしていた。

ひときわ強い閃光が闇を刻んだとき、男に折りたたまれた女が口から洩らす生臭い肉声を聞き、深い溜め息のような虚しさを覚えた。極みに半開きになった紅い唇の間から迸る肉声の光芒は、情欲の無明を照らし出すばかりであった。

孝子は居間のカーテンを閉め、座敷の間に戻って静かに蒲団に入った。

次第に風が弱まり、雷鳴も遠のいていった。

白雪の上で紅く咲く山椿の花が目に浮かび、やがて静かに消えていった。

六

「そうか、あの家を継ぐことになったか……。君なら立派にやれるんじゃないかな。もう君を眺められないと思うと未練が残るが、素晴らしい一年だった……」

「あなたとのことは、四季を描いた絵のなかの出来事のようでしたわ。あたし、絵のなかの花が無残に枯れる前に、そっとしまっておきたかったのです」

「もうすこし歪んでいてくれるかと思っていたのだが、残念という他に言いようがない……。時間が経てば、枯れた花として眺められるようになるものだよ」

「ひとごとのように言うのね……。あたし、あなたを滅ぼすことになるかもしれないと思ったことがあるわ。でも、狂わないでこられたのは、あなたが細やかだったからかもしれないわ」

「いつかはこんな時が来るとは思っていたが、とうとう来てしまったということだ」

「どうぞ、もう、そんなふうには言わないでください」

「そうだね……。ああそうだ、別れを言われたあとで言うのも妙な話だが、青い百合の絵柄のバッグが売れているんだ。自然のあの花になかった色付けが受けているようだ。どうだろう、あと二、三、あの花にない色のものを増やしてみてはと思うのだがね……」

「そう言っていただくと、ほんとうにありがたいわ。これからも、お仕事ではたくさん会っていただきたいわ」

「もちろんだよ。だが、今日はこれくらいで退散するよ。これ以上ここにいると、嫌らしい未練を言ってしまうかもしれないからね……」

風間は照れ笑いを残して先に喫茶店を出ていった。

風間が店を出て姿が見えなくなったとき、孝子は体に戦慄が走るのを覚えた。こんなに簡単な間柄だったのかと思うそばから、絵のなかに透写された恋の出来事が鮮明な色彩を帯びてくるのが見えた。

体が軋む思いだった。孝子は、風間が飲んだコーヒーカップをしばらく見つめていたが、やがて気を取り直して立ち上がり、「なでしこ」に向かった。

孝子は「なでしこ」に戻り、住まいから移した鉢植えの山茶花に水をやった。「なでしこ」と工房を往復する生活に入り、月の半分近くは家を空けるようになっていた。いつ戻るかもしれない陽一にやり水を頼むわけにもゆかず、店の山下と斉藤の手を借りて車で店に運んだのである。

御徒町のデパートの近くで陽一の姿を見かけてから二カ月近くが経ち、五月の半ばになっていた。

ひとの噂では、陽一は本郷界隈に住んでいるらしかった。一緒に暮らす女の住まいが近くにあるのか、「なでしこ」の近くにあるゴルフ・ショップの店主が本郷の飲み屋で見かけたと言っていた。店主は客の付き合いで本郷三丁目のパブで飲んでいたらしいが、看板近くになって陽一が顔を見せ、すこし飲んでアルバイト風のホステスと一緒に店を出ていったという。こちらから訊いたわけでもなく、他人の空似ではないかと言って孝子は話を聞いたが、店主は孝子と陽一のことに興味があるらしかった。

いずれにしろ孝子の詳しく知るところではなかったが、店主の話で気掛かりなことと言えば、陽一と一緒だったというアルバイト風のホステスのことであった。夫が勤めていた会社で関わりをもった女だろうと想像はついたが、変わらなく続いていることが不思議なような気もした。もしかしたら、孝子がこれまでに気づかなかった陽一の別の一面が、その女との間柄を保っているのかもしれなかった。

この夜、孝子は住まいに帰ると、いつ立ち寄るとも知れない陽一宛に手紙を書いた。部屋の気配から、ときどきは足を運んでいる様子が窺えたが、読んでもらえるかどうかは分からなかった。

手紙には、実家の家業を継ぐことになったが、バッグづくりと「なでしこ」の店はこれまでどおり続けようと思っていること、夫婦間のことはできれば元に戻れることを願っているが、このままの状態では今後の相談もできないので、手紙を読みしだい、「なでしこ」か実家に連絡してほしいことなどを書いた。

意とすることを書いた便箋を封筒に入れて居間のテーブルの上に置いたとき、孝子は言いようのない悔悟の気持ちになっていた。

初めて風間に抱かれたとき、そのきらびやかな世界を垣間見て、行き着くところまで流されていこうと思ったが、現実に行き着くところまで行ったとき、陽一を失うまいと思う気持ちが孝子の心を占めていた。陽一は女のところに逃げのびたのではなくて、居たたまれなかったのだろうと思った。居たたまれない精神状態に追いやったのは孝子の頑さであったかもしれなかった。

風間を知り、孝子はきらびやかな世界と無明な世界を同時に垣間見ていた。垣間見た世界は引き返すことが辛い世界だったが、引き返したときには陽一がはっきりと見えていた。風間との逢瀬を絶ち、頑さを捨てたいまなら、陽一を温かに包み込むことができそうに思えた。

考えてみれば、陽一はときどき住まいに立ち寄ることで、何かしら救いを求め、探していたのかもしれなかった。壊れていくものをそっと静かに見つめているような陽一の表情が、孝子の目に焼きついていた。

著者プロフィール

安達 太郎（あだち たろう）

1952年、福島県生まれ。
安積野の四季に魅せられて育つ。
安積高等学校から関東学院大学経済学部に進む。
東洋インキ製造㈱ＰＥＴＹ事業部、㈱富士通ビジネスシステムに奉職、現在に至る。

なごりの雪

2005年 2 月15日　初版第 1 刷発行

著　者　安達 太郎
発行者　瓜谷 綱延
発行所　株式会社文芸社
〒160-0022　東京都新宿区新宿1－10－1
電話 03-5369-3060（編集）
03-5369-2299（販売）

印刷所　東洋経済印刷株式会社

ISBN4-8355-8552-6